10662810

Sp   Rice
Rice, Heidi,
Enamorada del chico malo /
$4.99   ocn924612876

ENAMORADA DEL CHICO MALO

HEIDI RICE

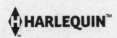

Editado por Harlequin Ibérica.
Una división de HarperCollins Ibérica, S.A.
Núñez de Balboa, 56
28001 Madrid

© 2007 Heidi Rice
© 2015 Harlequin Ibérica, una división de HarperCollins Ibérica, S.A.
Enamorada del chico malo, n.º 2044 - 10.6.15
Título original: Bedded by a Bad Boy
Publicada originalmente por Mills & Boon®, Ltd., Londres.

Todos los derechos están reservados incluidos los de reproducción, total
o parcial. Esta edición ha sido publicada con autorización de Harlequin
Books S.A.
Esta es una obra de ficción. Nombres, caracteres, lugares, y situaciones
son producto de la imaginación del autor o son utilizados ficticiamente,
y cualquier parecido con personas, vivas o muertas, establecimientos
de negocios (comerciales), hechos o situaciones son pura coincidencia.
® Harlequin, Harlequin Deseo y logotipo Harlequin son marcas
registradas propiedad de Harlequin Enterprises Limited.
® y ™ son marcas registradas por Harlequin Enterprises Limited y sus
filiales, utilizadas con licencia. Las marcas que lleven ® están
registradas en la Oficina Española de Patentes y Marcas y en otros
países.
Imagen de cubierta utilizada con permiso de Dreamstime.com

I.S.B.N.: 978-84-687-6035-3
Depósito legal: M-7981-2015
Impresión en CPI (Barcelona)
Fecha impresion para Argentina: 7.12.15
Distribuidor exclusivo para España: LOGISTA
Distribuidor para México: CODIPLYRSA
Distribuidores para Argentina: Interior, DGP, S.A. Alvarado 2118.
Cap. Fed./Buenos Aires y Gran Buenos Aires, VACCARO HNOS.

Capítulo Uno

–Sea quien sea, está completamente desnudo.

Jessie Connor lo dijo con tanta tranquilidad como le fue posible. Y no fue fácil, teniendo en cuenta que las mejillas se le habían ruborizado y el corazón le latía a martillazos.

A menos de quince metros de distancia, sin una sola prenda encima, se alzaba el hombre más magnífico que había visto en toda su vida. Oscuros mechones de cabello mojado acariciaban unos hombros asombrosamente anchos en un cuerpo de músculos perfectamente definidos. Y la piel bronceada brillaba bajo el sol de la tarde, derramando gotas de agua que caían sobre las blancas baldosas del patio.

Jessie dio un paso atrás y se ocultó tras la esquina. Estaba en el domicilio de su hermana Ali, en Long Island, apoyada contra una pared que podía sentir a través de un fino vestido de algodón azul.

–¿Quién es? ¿Lo conoces? –susurró Ali.

Jessie se giró hacia su hermana. Después, miró su ceño fruncido y su redonda figura, hinchada por el embarazo, y dijo:

–No lo veo bien desde aquí, pero creo que no.

–Apártate, voy a echar un vistazo.

Ali le dio un empujón suave, se asomó a la esquina y se escondió de nuevo.

–Guau… Casi está tan bueno como Linc.

Jessie hizo caso omiso del comentario de Ali, que se refería a su marido.

–Sí, pero ¿sabes quién es?

–¿Cómo lo voy a saber? Soy una mujer casada.

–Pues cualquiera lo diría –ironizó.

–Será mejor que llamemos a Linc.

–No seas gallina. Nos ocuparemos nosotras.

Ali arqueó las cejas.

–De eso, nada. Estoy embarazada de ocho meses, y ese hombre es gigantesco. ¿Te has fijado en sus hombros?

–Sí. En sus hombros y en otras cosas.

–No te acerques a él. Estamos en los Estados Unidos. Podría tener una pistola.

–Si la tiene, me gustaría saber dónde se la ha metido. Ha entrado sin permiso y se lo voy a decir. ¿Cómo se atreve a meterse en tu propiedad y usar la piscina como si le perteneciera? Quédate aquí. Y no te preocupes, Linc volverá con Emmy en cualquier momento.

–¿Y qué pasará si te ataca?

–No te preocupes. Tengo un plan.

Ali frunció el ceño.

–Sospecho que no lo quiero oír.

–Pues a Bruce Willis le funcionó en *Die Hard 2*.

–¡Oh, por Dios!

–Calla… –Jessie se llevó un dedo a los labios–. Puede que sea grande, pero seguro que no es sordo.

Jessie respiró hondo y echó otro vistazo. Luego, se mordió el labio inferior y pensó que su hermana tenía razón. Quizás fuera demasiado peligroso. Pero la adrenalina crepitaba en sus venas desde que al volver del hospital donde su hermana tenía la revisión vieron una motocicleta negra en el vado.

Siempre había sido impulsiva. Era una de las características más notorias de su personalidad. De hecho, su último novio se lo había echado en cara durante la discusión que puso fin a su noviazgo: le había dicho que era una pena que no fuera tan temeraria en la cama como fuera de ella.

Al recordar el insulto de Toby se enfadó y pensó que se podía meter sus palabras donde le cupieran. Ni era temeraria ni frígida. Simplemente había tardado en darse cuenta de que Toby Collins no era el hombre que necesitaba. Él no quería sentar cabeza. No quería hijos. No quería una familia. Solo buscaba una mujer que fuera un volcán en la cama y un ratón en lo demás.

El desconocido se secó con una camiseta de aspecto viejo y, acto seguido, se puso unos vaqueros. Jessie se sintió decepcionada al ver que su precioso culo desaparecía bajo la tela.

—Bueno, ya me he cansado de esperar. Allá voy —anunció Jessie mientras se quitaba los zapatos—. Será mejor que vuelvas al coche y llames a Linc.

—Jess, no…

Jessie no le hizo el menor caso. No iba a permitir que aquel tipo se fuera tan tranquilo después de haberse metido sin permiso en una propiedad privada.

Monroe Latimer se abrochó los vaqueros y se metió las manos en los bolsillos para estirarlos. Al meterlas, sus dedos tocaron la carta que había llevado encima durante más de un año. Cuando la sacó, una gota de agua cayó en el sobre y empañó la dirección en Key West de Jerry Myers, el funcionario que se había encargado de su libertad condicional.

Se preguntó por qué diablos la seguía llevando en el bolsillo. Y, a continuación, se preguntó qué lo había empujado a tomar esa desviación aquella mañana al ver el cartel de East Hampton.

Fuera cual fuera el motivo, abrió la carta y la leyó, aunque la conocía de memoria.

Querido Monroe:

No nos conocemos en persona, pero soy Alison Latimer, tu cuñada. Estoy casada con Lincoln, tu hermano mayor. Linc no ha conseguido localizarte, así que envío esta carta a Jerry Myers con la esperanza de que te la pueda dar.

Linc y yo nos casamos hace cinco años. Vivimos en Londres, pero pasamos todos los veranos en Long Island, en una casa de Oceanside Drive, en East Hampton.

Ven a visitarnos, por favor. A Linc y a mí nos encantaría que te quedaras con nosotros una temporada. Por lo que Jerry me ha dicho, Linc es el único familiar que te queda; y aunque sé que no te ha visto en veinte años, puedes estar seguro de que no ha dejado de pensar en ti.

La familia es muy importante, Monroe.

Ven, por favor.

Con cariño,

Ali

Monroe dobló la carta y se la volvió a guardar. Ya había visto el barrio donde vivían Linc y su esposa. Y no iba a aceptar su invitación. No pertenecía a ese lugar. Él tenía su Harley, su caja de óleos, su ropa y su saco de dormir, además de tenerse a sí mismo. Eso era todo lo que necesitaba.

Alison Latimer estaba en un error. La familia no era tan importante. O, por lo menos, no lo era para él. Durante los últimos catorce años había sido libre de hacer lo que quisiera y cuando quisiera, y no tenía intención de cambiar de vida. La familia no era más que otra especie de cárcel.

Al menos había tenido la oportunidad de darse un chapuzón en una de las casas más bonitas que había visto en toda su vida. Estaba entre dunas y bosques, en un cabo que se adentraba en el Atlántico. Y al ver el precioso y moderno edificio de madera y cristal había decidido echar un vistazo.

Cuando llegó a la puerta de la verja, llamó al timbre para asegurarse de que no había nadie en casa. Luego, comprobó que el sistema de seguridad no estaba conectado y entró a disfrutar un rato de la piscina.

Pero sería mejor que pusiera fin a su pequeña

aventura. Los dueños podían volver en cualquier momento y, si llamaban a la policía, tendría un problema. Las autoridades no eran muy tolerantes con las personas que habían estado en prisión.

Jessie cruzó el patio de puntillas y se detuvo en seco al ver que el hombre se sentaba en el suelo y se empezaba a poner los calcetines mientras tarareaba una canción. Luego, se le acercó sigilosamente por detrás, le puso dos dedos en la espalda y dijo, con su tono de voz más firme:

—No te muevas. Tengo una pistola.

Él dejó de tararear, tiró el calcetín que intentaba ponerse y se quedó inmóvil.

—Está bien… Tranquilízate, por favor.

Por su acento, Jessie pensó que era estadounidense. Pero tenía algo extraño, algo que no pudo reconocer.

—Levanta las manos. Y no te des la vuelta.

Monroe levantó los brazos. Jessie vio que llevaba un tatuaje en el bíceps izquierdo y que tenía varias cicatrices en la espalda. Pero también se fijó en que no le sobraba ni un gramo de grasa.

—Si bajas la pistola, te prometo que me iré de inmediato.

Él intentó girarse, pero ella bramó:

—He dicho que te quedes como estás.

—De acuerdo… Pero, si no te importa, voy a bajar los brazos. Llevo todo el día en la moto y estoy agotado.

Monroe bajó los brazos.

—Bueno, ¿qué hacemos ahora? —continuó él.

Jessie se empezó a poner nerviosa y pensó que quizás había cometido un error. ¿Dónde se habría metido Linc?

—¿De dónde eres? Tienes acento inglés —declaró Monroe.

—Las preguntas las hago yo —dijo Jessie, que no estaba dispuesta a dejarse intimidar.

Él se inclinó súbitamente hacia delante y ella se asustó.

—¿Qué estás haciendo?

—Ponerme los calcetines. ¿Puedo?

—Sí, póntelos si quieres. Pero la próxima vez pregunta antes de hacer nada.

Jessie no llegó a saber lo que pasó a continuación. Solo supo que él se movió tan deprisa que, cuando se quiso dar cuenta, estaba atrapada entre sus brazos.

—¡Suéltame! —gritó.

Él la miró con humor.

—Oh, vaya… El viejo truco de poner los dedos como si fueran el cañón de una pistola. Jamás habría pensado que me podían engañar con algo así.

Jessie se quedó atónita; pero no de miedo, sino de admiración. Tenía los ojos azules más bonitos que había visto nunca, y una cara perfecta con una cicatriz bajo el ojo izquierdo que le hacía parecer aún más interesante. Era una especie de Adonis. Un Adonis de rasgos duros como el granito y apariencia peligrosa.

Respiró hondo e intentó sobreponerse al pánico. No era el momento más adecuado para perder la calma. Tenía que hacer algo.

Rápidamente, echó hacia atrás una pierna y le pegó una patada en la espinilla.

—¡Suéltame! —insistió ella.

Jessie intentó pegarle otra patada, pero él retrocedió. Entonces, ella se dio media vuelta e intentó huir, aunque no llegó muy lejos. Monroe la alcanzó por detrás, cerró los brazos alrededor de su cuerpo y la alzó en vilo como si no pesara nada.

—¡Basta ya! ¡Mi hermana está en la casa! ¡Tiene una pistola!

—Sí, claro que sí —dijo él con ironía—. ¿Sabes que eres un peligro para la sociedad?

Jessie se maldijo por no haber hecho caso a Ali. ¿Cómo se las arreglaba para meterse siempre en líos? ¿Y cómo iba a salir de ese?

Se preguntó qué habría hecho Bruce Willis en esa situación y dijo entre dientes:

—Te lo advierto por última vez. Si no me sueltas, te voy a hacer daño. Mucho daño.

Monroe sonrió. No podía negar que era valiente. Pero medía casi veinte centímetros menos que él. Y, además, era muy esbelta. A pesar de las impresionantes curvas que podía sentir bajo los brazos.

—Eres pura dinamita, ¿eh?

Ella debió de notar la admiración que había en su voz, porque se quedó muy quieta. Monroe aflojó un poco. Sabía que tenía que soltarla y marcharse a toda prisa, pero el contacto de su cuerpo era tan cálido y tentador que no pudo. Además, merecía un pequeño castigo por lo que había hecho. Al fin y al cabo, le había dado un susto de muerte.

–Y dime, ¿qué me vas a hacer, exactamente? –continuó.

–No me das miedo. No eres más que un idiota.

–¿Un idiota? ¿Yo?

Él volvió a sonreír. Había hablado como una aristócrata inglesa dirigiéndose a un criado. Le recordó a los veranos que pasaba en Londres durante su infancia, en la casa de su abuela. Uno de los pocos recuerdos buenos que tenía.

–Sí, definitivamente eres inglesa. Lo sé por tu acento –dijo–. ¿Y sabes una cosa? Resulta que yo soy medio inglés.

–Espléndido –bramó ella con sarcasmo.

–No deberías hablar en ese tono. Mi abuela siempre decía que los modales británicos son los mejores del mundo.

–Ya te daré yo modales –lo amenazó.

Monroe soltó una carcajada. Se lo estaba pasando en grande. La notaba rígida entre sus brazos, pero también notaba su furia contenida y, a pesar de estar a su espalda, imaginaba el rubor de aquella pelirroja de pómulos altos, mejillas con pecas, nariz pequeña y respingona y grandes y expresivos ojos verdes. Solo la había visto un momento, pero le había parecido extraordinariamente bella.

–Eres un encanto, ¿sabes? –le susurró al oído–. Bueno, cuando no intentas matarme…

–Te vas a arrepentir de lo que estás haciendo –replicó, tensa.

–¡Suéltala!

Monroe miró hacia atrás.

Un hombre de aspecto salvaje caminaba hacia ellos a grandes zancadas. Iba en compañía de una mujer embarazada y de una niña pequeña, pero eso no le daba un aspecto menos salvaje. Soltó a Jessie, que le lanzó una mirada llena de odio y corrió hacia la mujer embarazada.

–¿Qué demonios haces en mi propiedad? –preguntó el recién llegado.

Monroe lo observó con detenimiento. Era un poco más alto que él y parecía estar en buena forma pero, por su polo y sus pantalones de vestir, supo que era un hombre de familia que no estaba acostumbrado a pelear.

En otras circunstancias, se lo habría llevado por delante y habría huido. Sin embargo, no quería empezar una pelea delante de una niña.

–Solo he usado un rato la piscina. Creía que no había nadie.

–Pues hay alguien –bramó el hombre, de ojos tan azules como lo suyos–. Emmy… aléjate de aquí, por favor. Quédate con Jessie.

Monroe vio que la pelirroja tomaba a la niña de la mano.

–Voy a darle una lección a este cretino –continuó el hombre.

–¡No, Linc! –exclamó la embarazada–. ¡Basta!

Monroe pensó que no tenía más remedio que

dejarse golpear pero, justo entonces, la embarazada se acercó y lo miró detenidamente.

–¿Quién eres? –preguntó con suavidad.

–Nadie… Solo alguien que pasaba por aquí y se ha querido dar un chapuzón.

–No, no… ¡Eres Monroe!

–¿Cómo? –preguntó el hombre.

–¡Es tu hermano, Linc! ¿Cómo es posible que no os hayáis reconocido?

Monroe se quedó boquiabierto.

–¿Monroe? ¿Eres tú? Dios mío, jamás pensé que volvería a verte…

–Ha sido un error… –acertó a decir–. No debería haber entrado en tu casa. No debería haber usado tu piscina.

–¿A quién le importa la maldita piscina? –dijo su hermano con la voz rota.

–En fin… Será mejor que me vaya.

La esposa de su hermano dio un paso adelante.

–No te puedes ir, Monroe. Linc y tú tenéis muchas cosas de las que hablar. Queremos que te quedes con nosotros. Por eso te invitamos.

–Mira, te lo agradezco mucho, pero…

–No te vayas –insistió–. Eres Monroe, el hermano de mi marido… el tío de nuestra hija, de Emily. Quédate, por favor. Eres de nuestra familia.

Monroe no supo qué decir.

–Yo soy Ali, por cierto, la esposa de Linc –prosiguió ella–; la niña es Emmy; y la mujer que está a su lado es Jessie, mi hermana.

Monroe asintió y la niña lo miró y dijo:

—Hola.

—Tenemos cinco habitaciones en la casa. —Ali le puso una mano en el brazo—. Seguro que te puedes quedar durante una temporada, para que nos conozcamos mejor.

—No me parece una buena idea…

—Si lo prefieres, te puedes alojar en el apartamento que está encima del garaje. Así tendrás más independencia.

—Yo…

—Linc, ¿por qué no llevas a tu hermano al interior de la casa? Ofrécele una cerveza y enséñale el apartamento.

—Claro… Ven conmigo, Roe.

Monroe se estremeció al oír su antiguo diminutivo. Hacía veinte años que nadie lo llamaba así.

—Creo que los dos nos merecemos una cerveza —añadió Linc con una sonrisa—. Venga, recoge tus cosas.

Monroe intentó protestar, pero su cuñada alcanzó sus botas y su camiseta y se las plantó en los brazos. Al parecer, no tenía más opción que seguir a su hermano y entrar en la casa.

Jessie lo miró con asombro cuando pasó a su lado, cargado con las botas y la camiseta. Ni siquiera sabía que Linc tuviera un hermano. Estaba tan sorprendida que no podía ni hablar.

—Es absolutamente maravilloso —dijo Ali, radiante de alegría—. Escribí hace un año al agente de la condicional con la esperanza de que le diera mi carta. No puedo creer que haya venido.

–¿Agente de la condicional? –preguntó Jessie–. Entonces, es un delincuente de verdad…

–Yo no diría tanto. Era poco más que un niño cuando lo metieron en la cárcel. Y por lo que Jerry Myers me dijo, no le han puesto ni una multa en los últimos catorce años.

Jessie no se lo podía creer.

–Por cierto –dijo Ali con una sonrisa de descaro–, parecía que os estabais divirtiendo mucho…

Jessie se puso tensa.

–Yo no me estaba divirtiendo. Quería que me soltara.

Ali la miró con escepticismo.

–Ya. ¿Y por qué te susurraba cosas al oído?

Jessie se ruborizó.

–Cosas de lo más groseras –dijo, mirándola fijamente–. Intentaba asustarme.

–Te dije que no te acercaras. Te está bien empleado por haberte metido con él. Vamos, entremos en la casa. Tenemos que hacer lo posible para que no se marche.

–Yo no voy a entrar. No quiero volver a ver a ese hombre.

–Jess, no podrás evitarlo… Si Linc y yo nos salimos con la nuestra, se quedará aquí una temporada.

–Pues yo creo que Linc y tú estáis locos. ¿Por qué invitáis a este tipo? –preguntó–. Ni siquiera lo conocéis…

Ali se puso seria.

–Lo siento. No debería haberte tomado el pelo. Supongo que te has llevado un buen susto.

–Y que lo digas.

–Pero tendrás que pedir disculpas a Monroe.

–¿Qué? No le voy a pedir disculpas. Se ha metido en una propiedad ajena sin permiso…

–No, eso no es verdad. Lo invitamos nosotros, ¿recuerdas?

–Esa no es la cuestión.

–Mira, Jess… Hay cosas que no te puedo explicar. Son complicadas –dijo con paciencia–. Cosas que tienen que ver con la infancia de Linc y Monroe.

Jessie la miró con curiosidad.

–¿En serio?

Jessie sospechaba que en la familia del esposo de Ali había pasado algo extraño. El único familiar del que Linc hablaba era de una abuela inglesa que había fallido años atrás. Cuando era niño, pasaba las vacaciones con ella. Pero ni él ni Ali hablaban nunca de la rama estadounidense de su familia.

–No te lo puedo contar, Jess. Sé que a Linc le disgustaría… Solo te puedo decir que, desde que tuvimos a Emmy, Linc no ha hecho otra cosa que intentar encontrar a su hermano –declaró–. Es posible que no pueda retomar su relación con Monroe, pero es importante que se quede aquí. Linc necesita saber que se encuentra bien.

Jessie asintió, creyendo saber lo que pasaba.

Además de ser unos padres fantásticos, Ali y Linc eran de la clase de personas que se preocupaban por todo el mundo. A Jessie le parecía una característica admirable, pero pensó que el hombre que se había metido en la piscina no necesitaba que nadie cuidara de él.

—Está bien. Si es tan importante para ti, me mantendré al margen.

—No te puedes mantener al margen, Jess. Estás aquí y él también. Haz las paces con él, por favor. No quiero que se sienta incómodo. Nos ha costado tanto encontrarlo… Quiero que Linc y Monroe tengan una oportunidad.

Jessie no tenía elección. Ali y Linc la habían ayudado mucho. Habían estado a su lado cuando rompió con Toby, y sabía que la habían invitado a pasar el verano con ellos porque les preocupaba su bienestar.

—De acuerdo… —dijo a regañadientes.

Ali la miró con afecto.

—Magnífico. Y ahora, si pudieras llevar toallas y sábanas limpias al apartamento, te estaría muy agradecida. Espera a que Linc se lo haya enseñado. Así estarás a solas con él, le pedirás disculpas y, a continuación, lo invitarás a cenar esta noche.

Jessie gimió y Ali se alejó hacia la casa.

Las cosas habían cambiado tanto en unos minutos que, de interpretar el papel de Bruce Willis en *Die Hard 2*, había pasado a ser portavoz de un comité de bienvenida.

Capítulo Dos

Mientras caminaban hacia el garaje, atravesando el exuberante jardín, Monroe miró a su hermano y dijo:

–Es un lugar precioso.

Era cierto. Monroe calculó que la propiedad debía de tener alrededor de una hectárea, y pensó que le había costado muchísimo dinero. A su hermano le había ido bien. Latimer Corporation, su empresa de software, tenía mucho éxito. Lo sabía porque había leído varios artículos al respecto a lo largo de los años. Pero, al contemplar el producto de su riqueza, se sintió como un pez fuera del agua. Su hermano y él eran de mundos completamente distintos.

–No está mal –dijo Linc.

Monroe lo siguió escaleras arriba.

–Tu esposa es inglesa, ¿verdad? –preguntó, por darle conversación.

–¿Ali? Sí, es inglesa –respondió Linc–. Vivimos en Londres casi todo el año, pero pasamos las vacaciones de verano en Long Island. Nos iremos en septiembre.

–Ah…

Linc abrió la puerta del apartamento y encendió la luz, que reveló una sala amplia y aireada que no parecía usarse con frecuencia. Tenía una cocina americana a un lado y un saloncito de muebles modernos al otro.

–Solo hay dos habitaciones y un cuarto de baño –le advirtió Linc.

Monroe pensó que, en cualquier caso, era el lugar más lujoso en el que se había alojado en mucho tiempo.

–Es una suerte que lo arregláramos hace poco –dijo Linc mientras abría el balcón, que daba a una terraza pequeña–. De lo contrario, no tendríamos sitio que ofrecerte.

Monroe frunció el ceño. Su hermano se había llevado una impresión equivocada.

–Te agradezco mucho el ofrecimiento, pero no sé si podré quedarme más de una noche. Tengo cosas que hacer en Nueva York y, además, estoy sin blanca.

La afirmación no era precisamente correcta. Monroe había trabajado mucho durante los meses anteriores y se podía permitir el lujo de estar varios meses sin hacer nada salvo pintar. De hecho, llevaba un montón de bocetos en la moto que pretendía pasar a lienzos en cuanto llegara a Brooklyn.

La pintura era la pasión secreta de Monroe Latimer desde que asistió a un cursillo durante su segundo año en prisión. Por entonces, no era más que una forma de huir de la angustia, la fealdad y el aburrimiento de la cárcel; pero después se convirtió en lo más importante de su vida, lo único que lo mantenía centrado y con la cabeza sobre los hombros. Él no necesitaba ni familia ni posesiones. Solo necesitaba sus cuadros.

–Razón de más para que te quedes aquí una temporada –dijo Linc con humor–. La estancia no te costará nada.

Monroe se puso tenso, siempre había sido un hombre orgulloso. Había aprendido a respetarse a sí mismo, a respetar a los demás y a depender exclusivamente de su propio esfuerzo.

–No soy un gorrón, Linc.

Su hermano suspiró.

–Lo sé, pero eres la familia.

–No soy de la familia –declaró, frunciendo el ceño–. No mantuvimos una relación estrecha ni cuando éramos niños y, aunque la hubiéramos mantenido, han pasado muchos años desde entonces. Ni tú me debes nada a mí ni yo te debo nada a ti.

Linc alzó una mano.

–Está bien, no sigas… Comprendo lo que estás diciendo, Roe. Sé que a estas alturas somos poco más que dos desconocidos.

–Si lo sabes, ¿por qué demonios me invitas?

–¿Por qué has venido tú?

–No lo sé… Por curiosidad, supongo.

–En ese caso, la curiosidad tendrá que ser suficiente. Al menos por el momento –puntualizó su hermano–. Anda, deja que te enseñe el resto.

Monroe se quedó asombrado cuando Linc abrió la puerta del dormitorio. A través de la pared del fondo, que era enteramente de cristal, se veían la piscina, el jardín y el océano Atlántico. Las olas rompían bajo el sol de la tarde en una playa vacía de arenas blancas. La vista era impresionante, pero eso no fue lo que le aceleró el pulso.

Jamás había visto un lugar tan perfecto para pintar. Siempre había vivido en habitaciones alquiladas, que solían ser bastante lúgubres. Aquel sitio grande y de paredes blancas, sin más muebles que una cama y una cómoda pequeña, se parecía mucho al estudio que le habría gustado tener.

–¿Te gusta? –preguntó Linc.

–Por supuesto que me gusta –contestó con un entusiasmo–. Creo que vas a tener un invitado durante una larga temporada.

Linc sonrió.

–Excelente.

–Pero hablaba en serio al afirmar que no soy un gorrón. ¿Tienes alguien que se encargue de cuidar el jardín?

Linc sacudió la cabeza.

–No. Teníamos un jardinero, pero es un hombre mayor y lo ha dejado porque padece de artritis. De hecho, tenía intención de contratar a alguien –contestó.

–No contrates a nadie. Mientras esté en tu casa, me ocuparé del jardín –dijo, echando un vistazo al exterior–. Habría que cortar el césped… ¿Tienes una segadora en el garaje?

Linc entrecerró los ojos.

–Sí, pero no es necesario que lo hagas.

–Puede que no lo sea para ti, pero lo es para mí.

–De acuerdo. Supongo que puedo permitir que cortes el césped de vez en cuando.

Monroe pensó que habría muchas cosas que hacer en la propiedad. Por lo que había visto, la casa y el jardín eran enormes; y no parecía que tuvieran empleados. Trabajaría en ella por las mañanas, así tendría la oportunidad de devolverle el favor a su hermano por permitirle pintar en una habitación tan maravillosa.

Jessie recordó su enfrentamiento con Monroe mientras caminaba hacia el garaje cargada con la ropa de cama.

Afortunadamente, a Emmy se le había antojado un helado y ella había ido a comprarlo sin más intención que la de retrasar el encuentro con el hombre de la piscina. Había conseguido tres horas de paz; pero eso no significaba que hubiera dejado de pensar en él ni en lo que había sentido cuando la agarró por detrás y le apretó su pecho desnudo contra la espalda.

Al llegar a la escalera, se maldijo para sus adentros. Estaba ridículamente nerviosa. Solo se trataba de llevar unas sábanas a un tipo irritante. Le había prometido a Ali que le pediría disculpas por lo sucedido, pero no tenía la menor intención de deshacerse ante él como una jovencita encaprichada.

Subió hasta el apartamento y llamó a la puerta mientras intentaba tranquilizarse. Monroe abrió momentos después. Y ella se quedó boquiabierta al contemplar su pecho desnudo y cubierto de sudor.

–Ah, pero si es la policía mala… –bromeó él–. Te llamas Jessie, ¿verdad?

Jessie lo miró con detenimiento. Su cabello, que le había parecido negro cuando estaba mojado, resultó ser de un color rubio oscuro con vetas doradas. Se había puesto un pañuelo rojo en la cabeza, y parecía una especie de dios apache.

–¿Es que nunca llevas camisa?

Monroe sonrió.

–Cuando hace calor y estoy trabajando, no.

–Ni cuando te dedicas a nadar en las piscinas ajenas –le recordó con brusquedad.

Jessie lo dijo sin pensar. Por lo visto, había algo en sus burlones ojos azules y en su escultural pecho que le despertaban su parte más beligerante.

–Bueno, nadar con ropa sería bastante incómodo –dijo él, divertido.

En ese preciso momento, Jessie se acordó de lo que Monroe llevaba encima o, más bien, de lo que no llevaba, cuando lo vio por primera vez.

Y se volvió a ruborizar.

Monroe vio el rubor en sus mejillas y sonrió. Definitivamente, aquella mujer era un encanto.

Miró su cabello rojo y sus ojos verdes y pensó que tenía una cara de contrastes a cual más bello. Luego, admiró las largas piernas que asomaban bajo la falda de su vestido de verano. También habría mirado lo que estaba más arriba, pero sus pechos permanecían ocultos bajo la ropa de cama que apretaba contra el cuerpo.

—¿A qué viene esa sonrisa? —preguntó ella.

—A nada. Solo admiraba las vistas.

Jessie le lanzó una mirada helada. Él se acercó y le quitó las sábanas de los brazos.

—Anda, entra...

Ella entró en el apartamento con cautela, intentando ocultar su nerviosismo. Entonces, vio la cama apoyada en la pared del fondo y preguntó:

—¿Qué vas a hacer? ¿Robar los muebles de tu hermano?

Él dejó la ropa de cama en el sofá.

—Tranquilízate. No tengo intención de robar nada.

Jessie notó la tensión en sus hombros y se sintió avergonzada por lo que había dicho.

—Solo era una broma —se defendió—. No creo que la quieras robar.

—¿Estás segura de eso? —preguntó con humor.

Ella tragó saliva.

—Por supuesto que lo estoy. Pero, ¿por qué la has sacado de la habitación? ¿Es que la encuentras incómoda?

Monroe se encogió de hombros.

—No, pero voy a dormir aquí. Tengo planes para la otra estancia.

—Ah, eso resuelve el misterio. En fin, es evidente que estás ocupado. Te dejaré en paz.

–No, no… espera un momento. –Monroe la adelantó y se puso delante de la puerta para que no pudiera salir–. ¿Sigues enfadada por lo que ha pasado en la piscina?

–En absoluto –mintió.

–Oh, vaya, sigues enfadada. –Monroe volvió a sonreír–. Lo sé por el destello furibundo de tus ojos… Te queda muy bien. Va a juego con tu pelo.

–Muchas gracias –dijo con sorna–. Creo que no me habían dedicado un cumplido tan original en toda mi vida.

Ella intentó pasar a su lado, pero él la agarró del brazo. Al sentir el contacto de sus dedos, Jessie pegó un respingo.

–No te asustes –dijo él.

–Suéltame…

Monroe la soltó y alzó las manos en gesto de rendición.

–No pasa nada… Solo me quería disculpar por lo de antes.

Jessie dio un paso atrás y pensó que sus palabras de arrepentimiento habrían sido más creíbles si no la hubiera mirado con humor. De hecho, deseó decirle un par de cosas desagradables y borrar aquella sonrisa de sus labios. Pero no podía. Le había hecho una promesa a su hermana. Y era ella quien se tenía que disculpar, no él.

–Olvídalo. Yo también he sido bastante grosera.

Para sorpresa de Jessie, Monroe dejó de sonreír y la miró con asombro.

–¿Me estás tomando el pelo?

–No, en absoluto –contestó–. Mi hermana me ha hecho ver que, como te habían invitado a venir a su casa, eres la parte ofendida.

–Ah, vaya… –Monroe se metió las manos en los bolsillos y volvió a sonreír–. Así que ha sido cosa de ella. Y supongo que también me has traído esas sábanas a petición suya.

A Jessie le molestó que fuera tan perceptivo.

–Estoy aquí para ofrecerte una sencilla y sincera disculpa. ¿Por qué me lo pones tan difícil? –replicó.

–¿Sencilla y sincera? No, no me lo creo.

Jessie clavó la mirada en él.

–¿Sabes que eres insufrible?

Monroe soltó una carcajada que, a ojos de Jessie, le hizo parecer aún más atractivo. Y más irritante.

–¿Te he dicho ya que eres un encanto, pelirroja? –declaró burlón.

Ella hizo caso omiso.

–Me voy. He hecho lo que he podido.

Jessie dio media vuelta y se dirigió a la salida, pero se detuvo de repente y lo miró.

–¿Qué ocurre, pelirroja? ¿Te quieres disculpar por otra cosa?

–Ya te he ofrecido la única disculpa que vas a conseguir de mí.

–Pues es una pena, porque lo de disculparte se te da muy bien…

–Acabo de recordar que mi hermana quiere que cenes con ellos esta noche, a las siete en punto. Estoy segura de que sabrás encontrar el camino.

Jessie salió del apartamento.

—¿Tú vas a estar allí? —preguntó él.

—Por supuesto —respondió, sin darse la vuelta.

Monroe le clavó la vista en el trasero a Jessie, que ya estaba bajando por las escaleras.

—Dile a tu hermana que acepto la invitación. Me encargaré de decirle que me has ofrecido la más dulce de las disculpas.

Mientras se alejaba, Jessie volvió a oír el sonido de su risa.

Capítulo Tres

Ali dejó un plato con entremeses en la mesa del comedor y le preguntó a su hermana:

–¿Ya has hecho las paces con Monroe?

–Sí, claro. He hecho lo que me pediste –contestó mientras preparaba la ensalada.

–¿Y te has disculpado por lo de la piscina?

Jessie suspiró.

–Sí, me he disculpado.

–Y ha sido una disculpa encantadora.

Las dos hermanas se giraron hacia el hombre que acababa de hablar. Era Monroe. Se había puesto unos vaqueros limpios y una camiseta con el logotipo de Harley Davidson. Jessie pensó que estaba de lo más presentable, aunque su mirada burlona y su barba de dos días le daban un aspecto peligroso.

–Sinceramente, ha sido una de las disculpas más entrañables que me han ofrecido en toda mi vida –continuó él.

Monroe le guiñó un ojo a Jessie, que se ruborizó. Ali se giró hacia el recién llegado y le dedicó una sonrisa cálida.

–Me alegra que hayas venido, Monroe.

–Es un placer…

–Siéntate, por favor. Jess te servirá algo de beber –dijo Ali–. Yo voy a buscar a Linc… está leyendo un cuento a Emmy.

Cuando Ali se fue, Jessie puso el resto de la comida en la mesa. Monroe se acomodó en una de las sillas.

–Me gustaría tomar una cerveza, pelirroja. –Monroe la miró de arriba a abajo–. Por cierto, ese vestido te queda muy bien.

El pulso a Jessie se le aceleró. Ni siquiera sabía por qué se había puesto un vestido ajustado para cenar, pero intentó convencerse de que no lo había hecho por él.

–Te traeré esa cerveza.

Jessie entró en la cocina, abrió el frigorífico y sacó una botella. Luego, la sirvió en un vaso alto y lo dejó delante de Monroe mientras se preguntaba dónde se habrían metido Linc y Ali. Aquel hombre le resultaba tan irritante que, si se quedaba a solas con él, era capaz de tirarle la cerveza a la cara.

–Gracias, pelirroja. Aunque no eres muy buena camarera… la has servido tan mal que tiene demasiada espuma.

Ella le dedicó una sonrisita falsa.

–Oh, lo siento mucho. Si tuviera más tiempo, la habría servido mejor; pero estoy ocupada ofreciendo disculpas a personas que no las merecen.

Monroe volvió a reír. Linc y Ali entraron un segundo después en el comedor.

–Me alegro de verte, hermano –dijo Linc–. Espero que Jessie se haya encargado de que te sientas como en casa.

–Desde luego que sí.

Mientras Linc y Ali se sentaban, Jessie aprovechó que no la veían para sacarle la lengua a Monroe. Él le guiñó un ojo y logró que se arrepintiera de su gesto infantil.

Monroe había pensado que la cena sería tensa y aburrida, pero se divirtió mucho con su hermano y su cuñada. Además, no había comido nada desde por la mañana, cuando se detuvo en un bar de carretera a tomar una rosquilla y un café, así que la ensalada y los entremeses le supieron a gloria.

Esperaba que Linc y Ali lo interrogaran sobre su vida y, quizá, se pusieran pesados; pero fueron de lo más discretos. Cuando se daban cuenta de que Monroe no quería dar explicaciones, reaccionaban con naturalidad y le contaban historias divertidas de su familia y anécdotas sobre su relación.

Monroe, que era un hombre observador, notó que estaban profundamente enamorados. Se lanzaban miradas cargadas de afecto, y Linc no perdía la oportunidad de tocar a su esposa. Pero sus demostraciones de amor no le parecieron tan interesantes como la reacción de Jessie ante ellas. Los miraba con nostalgia, como si los envidiara.

Cuando terminaron de comer, Linc y Ali se levantaron para ir a buscar los postres. Al llegar a la cocina, se fundieron en un abrazo. Y Jessie, que los podía ver desde el comedor, los volvió a mirar del mismo modo.

Monroe se preguntó qué estaría pensando cuando ella se giró y se dio cuenta de que la observaba.

–Maldita sea… ¿Quieres dejar de mirarme? Es una grosería –protestó.

Él sonrió. Era la primera vez que le dirigía la palabra desde que le había llevado la cerveza.

–Maldecir en la mesa también es una grosería –replicó Monroe–. Pero, como ves, yo no me quejo.

Jessie apretó los dientes. Por lo visto, aquel hombre estaba acostumbrado a tener siempre la última palabra.

Pero, para su sorpresa, la cena no fue tan difícil como había imaginado. Monroe podía ser encantador cuando quería, aunque Jessie notó que se mostraba evasivo cada vez que Ali o Linc se interesaban por su vida. Cualquiera habría dicho que no hacía nada salvo ir por el mundo con su motocicleta. Ella tampoco llevaba una vida precisamente fascinante, pero al menos tenía sueños, objetivos.

Además, le molestaba que la mirara tanto. Sobre todo, porque la había pillado fantaseando con la posibilidad de estar tan enamorada como su hermana y su cuñado.

–Yo no maldigo en la mesa –dijo en voz baja, para que Linc y Ali no la oyeran–. Solo era una expresión.

–Es posible, pero miras con tanta furia que todo lo que dices parece grosero.

Jessie se disponía a dar una réplica a la altura de las circunstancias cuando Ali apareció con una enorme tarta de limón.

–Espero que sigas con hambre, Monroe...

Monroe se recostó en la silla y se dio una palmadita en el estómago.

–Siempre tengo sitio para un trozo de tarta –dijo.

Ali ya había servido el postre cuando Jessie miró a Linc y le dedicó la mejor y más dulce de sus sonrisas.

–¿Me podrías prestar el BMW? Mañana tengo que ir a Cranford a preguntar por un empleo en la galería de arte.

–Lo siento, Jess. El coche está haciendo un ruido extraño. Lo voy a llevar al mecánico para que lo revise.

–Le echaré un vistazo –intervino Monroe.

–No te molestes. No hace falta –dijo Linc.

–No es ninguna molestia...

Jessie notó que Linc estaba a punto de negarse otra vez, pero Ali le puso una mano en el brazo y dijo:

–Te lo agradecemos mucho, Monroe. Así no tendremos que llevarlo al taller.

Jessie se preguntó a qué vendría la súbita tensión entre los dos hombres. Además, le extrañó que Monroe se hubiera ofrecido a ayudar. No encajaba en la imagen que se había hecho de él. No era propio de un vago. Pero se dijo que no era asunto suyo y miró a Ali.

–¿Mañana vas a usar la furgoneta?

Ali asintió.

–Me temo que sí. Linc y yo le prometimos a Emmy que la llevaríamos a la feria de Pleasance Beach. Pero podemos dejarte en la ciudad y pasar a recogerte después. ¿A qué hora querías ir? –preguntó.

Jessie se encogió de hombros.

–No importa, ya iré otro día. De todas formas, os tendríais que desviar demasiado para llevarme –contestó.

–Puedes venir conmigo en la moto –se ofreció Monroe–. Tengo un casco de sobra. Y quería ir a Cranford a hacer unas compras.

–No te molestes. Tampoco es tan urgente.

–No seas tonta, Jessie –dijo Ali–. Si Monroe tiene que ir, deberías aceptar su…

–No, no –la interrumpió–. No quiero molestarlo.

–No es ninguna molestia. –Monroe se levantó y sonrió a Ali–. Gracias por la cena. Todo estaba delicioso.

–De nada…

Antes de salir, Monroe miró otra vez a Jessie y le dedicó uno de esos guiños que le aceleraban el pulso.

–Te veré por la mañana, pelirroja. Ah… y ponte unos pantalones. Los vestidos no son muy apropiados para viajar en moto.

Capítulo Cuatro

El día amaneció despejado. Hacía calor, pero la brisa del Atlántico refrescaba el ambiente. Jessie desayunó con la niña y, a continuación, la dejó al cuidado de sus padres. Ali estaba tan radiante que Jessie supo que había tenido una noche de pasión y, una vez más, sintió envidia de su hermana.

Ardía en deseos de tener una relación como la suya, pero las cosas no le habían salido bien. Sus dos años con Toby habían sido un fracaso en toda regla. Se había intentado convencer de que lo amaba, de que era el hombre de sus sueños. Y se había engañado miserablemente.

Ahora, a sus veintiséis años de edad, estaba sola y ni siquiera podía decir que hubiera disfrutado de la vida. Sus relaciones sexuales con Toby habían sido tan decepcionantes que, cuando la acusó de ser una frígida, consideró la posibilidad de que tuviera razón. Con él, nunca había sentido lo que Ali sentía con Linc.

Decidida a no dejarse dominar por la desesperación, subió a su dormitorio, abrió el armario e intentó decidir qué ponerse. Tras dudarlo unos momentos, eligió un vestido sencillo pero elegante, con estampado de flores. Si quería que le dieran el empleo, tendría que estar elegante. Cranford era una localidad pequeña, pero en verano estaba llena de ricos y famosos, así que la clientela de la galería era tan refinada como la de algunas zonas de Manhattan.

Jessie le había prometido a Ali que cuidaría de Emmy hasta que volvieran a Inglaterra en septiembre. Sin embargo, el empleo no interferiría en sus labores. Solo trabajaría los sábados, lo justo para ganar un poco de dinero y no depender de su hermana. Siempre le había gustado el arte. Esperaba hacer carrera en el mundo de las galerías.

Ya se había puesto el vestido cuando se acordó del comentario que Monroe había hecho la noche anterior. Irritada, alcanzó unos vaqueros y se los puso por debajo de la prenda. Pensándolo bien, tampoco era para tanto; solo se los tenía que quitar cuando llegara a la ciudad. Luego, se pintó los labios, se recogió el pelo en una coleta, se calzó unas zapatillas deportivas y guardó unos zapatos amarillos de tacón alto en el bolso.

Cuando se miró en el espejo, pensó que tenía un aspecto ridículo. Pero se dijo que de esa forma se libraría de las miradas de Monroe.

No se podía decir que le agradara la idea de ir en moto con él. Al fin y al cabo, Monroe le gustaba mucho desde un punto de vista estrictamente sexual.

***

–¡Maldita sea!

Monroe sacó la mano del motor del coche y miró la sangre del rasguño que se acababa de hacer.

–¿Te has hecho daño?

Al oír la voz de Jessie, se giró hacia ella. Llevaba un vestido de flores por encima de unos pantalones vaqueros. Era una elección algo extraña, pero Monroe pensó que estaba encantadora.

–Espero que no sea una herida mortal –añadió ella con humor.

Él se chupó la herida, se apoyó en el coche y, mientras se cerraba un pañuelo alrededor de la mano, dijo:

–Tienes una figura tan bonita que todo te queda bien.

Jessie entrecerró los ojos, ofendida.

–Gracias por el cumplido, pero ya veo que estás ocupado. Será mejor que vuelva más tarde –dijo.

Él se apartó del coche.

–No hace falta. Me asearé un poco y saldremos de inmediato. Te has puesto tan guapa que sería una pena que te hiciera esperar.

Monroe se dirigió a la escalera del apartamento y ella apretó los dientes, harta de la arrogancia de aquel hombre. Por su forma de hablar, cualquiera habría dicho que se había puesto guapa para él.

Diez minutos después, Monroe reapareció. Se había puesto una tirita en la mano y llevaba una camiseta tan blanca como limpia.

–Esto es para ti… –Monroe le dio un casco.

Cuando llegaron a la moto, Jessie intentó ponerse el casco, pero la cola de caballo le molestaba. Monroe se acercó, le quitó la goma del pelo y se lo alisó un poco.

–¿Qué diablos estás haciendo? –preguntó ella.

Él le puso las manos en los hombros.

–Alisarte el pelo. Así estarás más cómoda.

Monroe le dedicó una de sus sonrisas, le puso el casco y se lo cerró con la correa. Al sentir el roce de sus dedos en el cuello, ella se estremeció. Aún no se habían puesto en marcha y ya la había excitado.

Momentos después, él alcanzó el casco que tenía en el manillar, se lo puso y se montó en la enorme motocicleta.

–Arriba, pelirroja –ordenó.

Ella tuvo algunas dificultades para montar y, cuando por fin lo consiguió, se agarró al respaldo del asiento para no tener que pegarse a él.

–Ya estoy preparada –dijo, sintiéndose una idiota.

En lugar de arrancar, Monroe se giró hacia ella.

–¿Has montado alguna vez en moto?

–Bueno… no, la verdad.

–Primera norma: agárrate bien fuerte.

–Voy bien agarrada.

Él sacudió la cabeza.

–No tienes que agarrarte a la moto, cariño. Te tienes que agarrar a mí.

–¿Por qué?

–Porque si no te agarras a mí, podrías salir despedida en la primera curva que tomemos. Y no me gustaría que te cayeras.

Jessie suspiró.

–Está bien, me agarraré a ti.

Monroe sonrió y, para sorpresa de Jessie, le puso las manos en las piernas y tiró de ella hacia delante, de tal forma que no tuvo más remedio que apretarse contra él.

–Ahora, cierra los brazos alrededor de mi cintura.

Ella no quería, pero no tuvo más remedio. Así que obedeció e intentó no fijarse en el contacto de su duro y liso estómago. Después, Monroe arrancó y las potentes vibraciones de la moto provocaron que Jessie fuera dolorosamente consciente de determinadas partes de su cuerpo. Al sentir que los pezones se le endurecían, se intentó echar hacia atrás.

–No te muevas, pelirroja. Y agárrate bien.

La enorme y negra motocicleta empezó a subir por la colina. En ese momento, no debían de ir a más de veinte kilómetros por hora, pero Jessie se aferró a la cintura de Monroe como si la vida le fuera en ello.

Para cuando llegaron a la carretera de la costa, estaba tan contenta que ni siquiera se habría inmutado si Monroe hubiera estado desnudo. Viajar en moto era una experiencia increíble. El viento, la velocidad y las vistas del océano hicieron que se sintiera más libre que nunca. Y ya no le incomodaba el contacto de su cuerpo. De hecho, le gustaba tanto que se sintió profundamente decepcionada cuando, minutos después, él se detuvo.

Monroe se quitó el casco, se giró hacia atrás, sonrió de oreja a oreja y preguntó:

–¿Y bien? ¿Qué te ha parecido?

–¡Fantástico! –contestó.

–Ah, te ha gustado…

Ella asintió y le devolvió la sonrisa. Luego, intentó quitarse el casco con dedos temblorosos, pero él se le adelantó y solventó el problema.

–Ya eres toda una motera, pelirroja.

El contacto de su cuerpo le había provocado una erección de lo más incómoda, pero Jessie tenía tal cara de felicidad que no podía dejar de sonreír. Entonces, notó que tenía una pequeña marca en la frente y le pasó el dedo por encima.

–Creo que necesitas un casco más grande.

–No te preocupes por eso. Ha sido maravilloso, increíblemente excitante. Ahora comprendo que vayas a todas partes en moto.

En las palabras de Jessie no había ni rastro de la censura y el desdén que le había mostrado la noche anterior; solo había entusiasmo y felicidad. Monroe admiró sus ojos brillantes y el ligero rubor de sus mejillas y sintió la súbita necesidad de besarla.

Sorprendido por la intensidad de su deseo, le dio la espalda y se concentró en la tarea de enganchar los cascos al manillar.

–Será mejor que bajes –dijo.

Jessie frunció el ceño. ¿Qué le había pasado?

En cuestión de segundos, Monroe había dejado de sonreír y había adoptado una actitud distante.

Desconcertada, bajó de la moto.

–Gracias por traerme. Ha sido…

Jessie no terminó la frase. Monroe había clavado la vista en sus labios. Y, súbitamente, se sintió mareada.

–¿Sí?

–Ha sido muy divertido. Te lo agradezco mucho.

–No tiene importancia. –Monroe señaló un local que estaba al otro lado de la calle–. ¿Ves aquella cafetería? Te esperaré dentro.

–Puede que tarde un rato –le advirtió.

–Tarda todo lo que necesites. No tengo ninguna prisa.

Jessie asintió y se alejó calle abajo, segura de que Monroe la seguía con la mirada.

Jessie estaba agotada. Estuvo una hora en la galería de arte intentando convencer a su propietaria, Belinda Bennett, de que le diera el empleo de los sábados. Pero el esfuerzo mereció la pena. Se mostró tan convincente que al final la señora Bennett no tuvo más opción que darle el puesto.

Cuando entró en la cafetería era la mujer más feliz del mundo. Monroe estaba en una mesa, con unas cuantas bolsas a su lado. Por lo visto, había aprovechado la ocasión para ir de compras.

–Hola –dijo ella–. ¿Llevas mucho tiempo aquí?

–No. De hecho, me disponía a pedir algo.

Monroe bajó la cabeza y admiró sus piernas desnudas; se había quitado los vaqueros antes de entrar en la galería.

–Estás aún mejor sin pantalones… –comentó.

Entonces, él se levantó caballerosamente y Jessie tomó asiento junto a la pared; pero, en lugar de sentarse frente a ella, Monroe se puso a su lado, atrapándola.

–Bueno, ¿qué tal te ha ido? ¿Has conseguido el trabajo?

–Sí. Empiezo el sábado que viene.

–Excelente –dijo él con una sonrisa–. ¿Te pido un café y unas crepes para celebrarlo?

–Por supuesto…

Monroe parecía sinceramente contento de que hubiera conseguido el empleo, de modo que ella intentó no prestar atención al contacto de su pierna. Pero la tela del vestido era tan fina que podía sentir su calor.

Él llamó a la camarera y le pidió dos cafés y dos crepes. La camarera se ruborizó y Jessie se preguntó si todas las mujeres reaccionarían igual con él.

–Veo que tú también has estado ocupado. –Jessie señaló las bolsas y se sorprendió al ver el logotipo de una tienda de lienzos y pinturas–. ¿A qué has ido a Melville?

–A comprar carboncillos, un par de pinceles y otras cosas por el estilo.

–¿Es que pintas?

–Sí, un poco.

–¿En serio? Qué maravilla… ¿Eres bueno?

Él apartó la mirada.

–Ni lo sé ni me importa, la verdad.

A Jessie le extrañó su brusquedad, pero se sintió culpable al instante. Al parecer, lo había ofendido de algún modo.

Le puso una mano en el brazo y dijo:

–Lo siento. Solo lo he preguntado porque adoro el arte, pero no tengo talento.

Él miró la mano de Jessie y se encogió de hombros.

–No pasa nada.

La camarera apareció entonces con el café y las crepes, que dejó en la mesa.

–Aquí lo tenéis –anunció.

Monroe sonrió, leyó su nombre en la placa que llevaba en la camisa y dijo:

–Muchas gracias, Shelby.

La camarera se ruborizó de nuevo y se marchó.

–¿Y qué tipo de cosas pintas? –preguntó Jessie.

En lugar de responder, Monroe señaló su plato.

–¿No tienes hambre?

–Sí, claro que sí, pero te he hecho una pregunta.

–Todavía no he pintado nada serio.

–Ya, pero… ¿qué pintarás cuando lo hagas? –insistió.

–Deberías tomarte las crepes. Cuando se enfrían, no están tan buenas.

Jessie guardó silencio y se preguntó por qué se mostraba tan evasivo. Monroe alcanzó entonces su

42

café y se llevó la taza a los labios. Al mirarlo, ella supo lo que pasaba. Era timidez. No estaba acostumbrado a hablar de su obra, así que le daba vergüenza.

A Jessie le pareció un detalle increíble en un hombre tan seguro. Lo encontró encantador.

–No hay mucho que contar… –dijo él al cabo de unos momentos–. No es nada. Solo un divertimento estúpido.

–De todas formas, siento curiosidad. ¿Qué tipo de cosas pintas? ¿Eres expresionista, abstracto…? El arte me interesa mucho. Visitar galerías y ver cuadros es mi divertimento estúpido preferido… –comentó con humor.

Él suspiró y dejó el tenedor en el plato. Definitivamente, y por asombroso que fuera, Monroe era tímido.

–Pinto retratos, paisajes, esas cosas. Pero te aseguro que no los verás nunca en una galería –respondió–. ¿No te vas a comer las crepes? Porque si no las quieres, me las comeré yo.

–Está bien, está bien, ya voy…

Jessie puso un poco de mermelada en una de las crepes, la cortó con el cuchillo y se llevó un pedazo a la boca.

–Mmm. Está buenísima.

Jessie se relamió y, entonces, se dio cuenta de que Monroe miraba sus labios con deseo. Por lo visto, su timidez había desaparecido por completo. Pero, lejos de molestarle, sintió un escalofrío de placer.

Tras insistir en pagar la cuenta y dejar una propina más que generosa, Monroe la acompañó afuera. A Jessie le pareció extraño que fuera tan espléndido, teniendo en cuenta que tenía muy pocas posesiones además de la moto, y se sintió avergonzada por haberlo juzgado mal.

Mientras comían, había estado observando sus manos, eran muy bellas, de palma ancha y dedos largos y finos; las manos de un artista. Y, una vez más, se preguntó por el tipo de cosas que pintaba.

Al llegar a la motocicleta, Jessie se acordó de que ya no llevaba los pantalones y dijo:

–¿Puedes esperar a que me ponga los vaqueros?

Él miró sus piernas.

–Claro… Aunque es una pena que te los tengas que poner.

Justo entonces, Jessie se fijó en la persona que acababa de salir de la tienda de ultramarinos.

–Oh, no.

–¿Qué pasa? –preguntó Monroe.

–Es Bradley Dexter –contestó, mientras se escondía detrás de él–. No quiero que me vea.

Bradley Dexter III era el hijo de un vecino de Linc y Ali, un tipo mimado y sin nada que hacer, convencido de que su deportivo rojo era una extensión de su personalidad. Estaba muy pesado con ella desde que lo había conocido unas semanas antes en la playa.

Por desgracia, ya era demasiado tarde. El alto y musculoso joven la había visto, y se acercó tranquilamente a ellos.

–Hola, Jessie. ¿Cómo te va?

–Hola, Bradley.

–Esta noche vamos a ir a una fiesta en el Sunspot. ¿Te apetece venir? –El chico miró a Jessie de un modo que no le gustó nada a Monroe–. Te podrías poner ese biquini tan pequeño que llevabas la semana pasada.

–Te lo agradezco mucho, pero estoy ocupada. –Jessie le puso una mano en el brazo a Monroe–. Ah, por cierto, te presento a Monroe Latimer. Es el hermano de Linc.

Bradley le lanzó una mirada de desdén.

–Encantado de conocerte, amigo. Tú también puedes venir, si quieres. Pero te advierto que Jessie es mía. Yo la he visto antes.

Monroe pensó que ya había oído lo suficiente. Le pasó un brazo alrededor de la cintura a Jessie y dijo con brusquedad:

–Me temo que no, amigo. No comparto a Jessie con nadie.

Bradley retrocedió y tragó saliva.

–Está bien –declaró, nervioso–. En fin, será mejor que me vaya… Hasta luego, Jess.

El chico dio media vuelta y se marchó.

–¿Se puede saber que ha sido eso? –Jessie se apartó de Monroe.

–Te he quitado a Bradley de encima –respondió.

–No necesito que me protejas.

Jessie intentó alejarse un poco más, pero Monroe la tomó rápidamente entre sus brazos.

–¿Qué diablos estás haciendo?

–Tu amigo nos está mirando. Tendremos que demostrar que vamos en serio.

–¿Cómo?

Jessie no tuvo tiempo de reaccionar. Ni siquiera llegó a saber lo que pretendía. De repente, él le ladeó la cabeza con suavidad y le dio un beso en los labios.

El contacto fue eléctrico. Su boca era tan firme como sensual, y su lengua entraba y salía de ella de tal manera que no podía pensar en nada. Y cuando sintió el contacto de sus senos contra el duro pecho de Monroe, perdió el control. Ahora era ella quien lo besaba a él, embriagada por unas sensaciones deliciosas.

Pero, de repente, se terminó.

–Ya está –dijo él–. Creo que ya lo hemos convencido.

Jessie parpadeó. Fue como si le hubieran echado un cubo de agua fría en la cabeza.

–Maldito canalla…

Estaba tan enfadada que habría sido capaz de darle un puñetazo, sobre todo, porque Monroe sonreía como si hubiera sido un juego para él.

–No tenías derecho… –bramó–. No tenías ningún derecho…

Monroe vio que los ojos se le habían humedecido y se sintió culpable. A decir verdad, ardía en deseos de besarla otra vez. De hecho, ansiaba quitarle la ropa y hacerle el amor. Se había quedado sorprendido por la más que apasionada respuesta de Jessie.

–Solo intentaba ayudarte con Bradley.

Naturalmente, era mentira. Pero el beso le había gustado tanto que no estaba dispuesto a admitirlo.

–No te he pedido que me ayudes.

–Bueno, tampoco es para tanto… solo ha sido un beso.

Ella se mordió el labio. Estaba al borde de las lágrimas, y él lo notó.

–Lo siento, Jessie –dijo, preocupado.

Monroe la intentó acariciar, pero ella le apartó la mano, pensando que solo lo hacía porque le daba lástima.

–No importa, Monroe. Como bien has dicho, no ha sido nada.

Jessie le dio la espalda y se dirigió a la cafetería para entrar en el cuarto de baño. Necesitaba estar sola un momento, lo justo para secarse las lágrimas.

El viaje de vuelta fue una agonía para los dos.

Jessie no pudo dejar de pensar en el beso que le había dado. Había sido increíble. De hecho, había mantenido relaciones sexuales menos excitantes que aquel contacto breve. Pero Monroe había quitado toda importancia al asunto, como si no significara nada para él. Y ahora se sentía rechazada y humillada.

Capítulo Cinco

–¿Jess?

–Estoy aquí, Ali.

Jessie asomó la cabeza por la puerta de la cocina.

–¿Te podrías ocupar de Emmy? Estoy cansada…

Jessie se preocupó al ver la cara de su hermana y la llevó al sofá del salón.

–Siéntate, por favor… ¿Dónde está Emmy? Pensé que estaba con Linc.

–Linc está trabajando. Ha surgido un problema en la delegación de Nueva York –respondió–. Emmy lleva toda la mañana con Monroe.

–Pero si ya estuvo ayer con él…

–Ayer y el día anterior. Lo ha estado ayudando a arreglar el coche. Tendrías que haberla visto anoche… volvió a casa llena de grasa –declaró, sonriendo–. Sinceramente, pensé que Monroe se cansaría de ella, pero creo que se ha alegrado cuando la ha visto otra vez esta mañana. De todas formas, será mejor que vayas a rescatarlo. Además, la comida de Emmy ya está preparada.

Jessie se sintió entre la espada y la pared. Durante la semana anterior, había hecho todo lo posible por mantener las distancias con Monroe; en gran medida porque, a la humillación de aquel beso, se sumaban ahora los besos que la asaltaban todas las noches. Pero no se podía negar. La petición de Ali era tan sencilla como razonable.

–Está bien, iré dentro de un momento.

–¿Por qué no le preguntas si quiere cenar con nosotros esta noche? Últimamente rechaza mis invitaciones; vamos a hacer una barbacoa, y es posible que se sienta tentado por la carne –dijo.

Jessie maldijo su suerte. Le disgustaba la idea de tener que cenar con él.

–Se lo preguntaré.

Al cabo de un par de minutos, salió de la casa y se dirigió al apartamento del garaje. Estaba intentando encontrar alguna excusa para no invitarlo a cenar cuando oyó la risa de Emmy y una carcajada de lo más masculina.

Monroe y la niña se habían metido debajo del coche averiado. De él, se veían sus largas y fuertes piernas; de ella, solo unas zapatillas de color rosa.

–Agárrame esto, Emmy.

Un segundo después, se oyó un sonido metálico.

–Lo siento, tío Roe… ¿Lo he roto?

–No –contestó con humor–. Pero ten cuidado y recuerda lo que te he dicho…

–Ah, sí… Que trate al coche con respeto para que el coche me trate con respeto a mí.

–Exactamente. ¿Quieres terminar tú?

–¿Puedo?

–Por supuesto que sí –declaró con su voz grave.

La niña hizo algo debajo del vehículo y él añadió:

–Muy bien. Si sigues así, serás una gran profesional de la mecánica. Pero, ¿por qué no sales ya? Yo te seguiré.

Emmy salió de debajo del coche y, al ver a Jessie, corrió hacia ella.

–¡Tía Jessie, tía Jessie! ¡Acabo de arreglar el coche! Tío Roe me ha enseñado y ha dejado que lo haga yo.

–Eso es maravilloso –dijo Jessie, intentando mostrar entusiasmo–. Pero estás muy sucia. Será mejor que te laves antes de comer.

–¿Tengo que ir? El tío Roe ha dicho que puedo quedarme en su casa y comer sándwiches.

Monroe se levantó entonces del suelo.

–Hola, pelirroja.

Jessie se ruborizó.

–Hola, Monroe.

–Jessie dice que tengo que ir a casa a comer –intervino la pequeña–, pero yo me quiero quedar contigo.

Él se arrodilló delante de Emmy, le puso las manos en los hombros y la miró con seriedad.

–No tiene importancia. Ya comeremos juntos en otro momento.

A continuación, tomó a la niña en brazos y se levantó. La expresión de Monroe se había vuelto triste y, durante un par de segundos, pareció perdido en sus pensamientos; pero clavó la vista en Jessie y sonrió.

–Vamos a subir a lavarnos. ¿Te apetece beber algo?

En principio, la propuesta no podía ser más inocente. Sin embargo, Jessie supo que era un intento por hacer las paces con ella.

–Sí, gracias.

Él se dio la vuelta para subir con Emmy al apartamento, y ella se quedó sorprendida con su faceta cariñosa y paternal. Luego, los siguió por la escalera e intentó no admirar su bonito y masculino trasero.

Al entrar en el apartamento, Monroe dejó a Emmy en el suelo.

–Ya sabes dónde está el jabón.

–Sí, tío Roe.

La niña se fue al cuarto de baño y a él se le hizo un nudo en la garganta. No tenía experiencia con niños, pero la hija de Linc lo había conquistado. Y se suponía que no buscaba lazos emocionales con nadie. A fin de cuentas, solo estaba de paso.

Sin embargo, lo de la niña no era tan grave como lo de su tía, en quien no dejaba de pensar. La había estado evitando durante una semana porque era una complicación que no necesitaba. Pero la había echado de menos. Era un bocado demasiado tentador.

Se lavó las manos en la pila de la cocina americana y se sirvió un vaso de agua fría.

–Se nota que le has caído bien –dijo Jessie.

–Y ella a mí. Es una chica maravillosa –afirmó–. ¿Quieres agua? Es todo lo que te puedo ofrecer.

–Sí, gracias.

Él sacó otro vaso del armario y lo llenó.

–Aquí lo tienes.

Al alcanzar el vaso, le rozó la mano y se puso un poco nerviosa. Él bebió un poco y le preguntó en voz baja:

–¿Te encuentras bien?

Jessie no llegó a contestar, porque la niña apareció en ese momento en la habitación, inconsciente de la tensión que había entre los dos adultos.

–¿Ya te has lavado? –preguntó Monroe.

–Sí. Mira.

La niña le enseñó las manos.

–Buen trabajo.

–¿Puedo volver mañana, tío Roe?

Él le acarició el cabello.

–Si tu madre está de acuerdo, sí.

–Bueno, será mejor que nos marchemos –intervino Jessie–. La comida está preparada.

–Está bien… –dijo a regañadientes.

Antes de salir, Jessie miró a Monroe y dijo:

–Ah, Ali quiere saber si vas a cenar con nosotros esta noche. Van a preparar una barbacoa. Nos encantaría que vinieras.

Él la miró con intensidad.

–¿En serio?

–¡Claro que sí! –exclamó la niña.

–En ese caso, será un placer. No puedo llevar la contraria a un par de damas tan encantadoras –comentó con humor.

***

Monroe pensó que aquella mujer era definitivamente peligrosa. Luego, cruzó el apartamento y salió a la terraza del dormitorio para mirar a la niña y a su tía mientras se alejaban hacia la casa. Emmy iba por delante, y Jessie la seguía a pocos pasos.

Como de costumbre, estaba impresionante; completamente irresistible. Sin embargo, su aspecto no era lo único que le gustaba de ella. También le gustaba su carácter. Era alegre, apasionada y muy luchadora.

Pensándolo bien, quizás había cometido un error al empeñarse en mantener las distancias con ella. No dejaba de ser una mujer adulta que sabía lo que quería y expresaba sus opiniones con absoluta claridad. Por otra parte, también era obvio que no estaba saliendo con nadie y que andaba necesitada de un pequeño revolcón. De lo contrario, no habría permitido que la besara ni habría reaccionado con tanta pasión.

Se apoyó en la barandilla y siguió mirando hasta que la niña y su tía entraron en la casa. Había tomado la decisión de cambiar de actitud. Si a Jessie le parecía bien, disfrutarían de unas cuantas semanas de amor.

Jessie miró el vestido que acababa de sacar del armario. Era el cuarto que se probaba.

¿Qué le estaba pasando? ¿Por qué importaba tanto su aspecto?

Decidida a no perder tiempo con una decisión que normalmente solo le habría llevado unos segundos, alcanzó un viejo y ajustado vestido negro de licra que se puso por encima de la cabeza. Luego, se miró en el espejo y se mordió el labio. Tal vez era demasiado sexy para una barbacoa familiar, pero se acordó de Monroe y de sus miradas cargadas de deseo y se lo dejó puesto.

A continuación, cerró el armario, se calzó unos zapatos rojos y se puso un pañuelo de seda que tenía en la cómoda. No quería pensar en Monroe, pero lo deseaba tanto que no pensaba en otra cosa. Ningún hombre la había besado como él.

Salió al pasillo, cerró la puerta de su dormitorio y se dirigió a la planta baja. Cuando salió al patio y vio que Monroe no había llegado todavía, se sintió aliviada y decepcionada a la vez. La noche era cálida, olía a jazmín, y los faroles que Linc había puesto en la zona de la parrilla arrancaban destellos al agua de la piscina.

Segundos después, su cuñado notó su presencia y sonrió.

–Vaya, estás muy guapa…

Jessie se acercó y le dio un beso en la mejilla.

–Muchas gracias. ¿Qué estás preparando?

–El equivalente a media vaca–. Espero que tengas hambre.

Ali apareció entonces.

–Deja de coquetear con mi hermana, Linc.

Jessie se dio la vuelta y vio que Ali se acababa de sentar en una silla. Emmy se acomodó en el suelo y se puso a hacer un rompecabezas.

–¿Cómo estás, Ali? –preguntó Jessie, que se sentó a su lado–. ¿Sigues cansada?

–No, qué va. Me encuentro perfectamente bien, y ansiosa por complicarle la vida a mi marido. –Ali sonrió y se dio una palmadita en su abultado estómago–. A fin de cuentas, es el culpable de que tenga que cargar con esto.

–Bueno, tengo entendido que tú también tuviste algo que ver –dijo Jessie con humor.

–¿Cuándo va a llegar el tío Monroe? –intervino Emmy.

–Eso me gustaría saber a mí –contestó su madre, que volvió a mirar a Jessie–. Por cierto, me he dado cuenta de una cosa interesante… Monroe solo acepta nuestras invitaciones cuando se lo pides tú.

–¿Qué insinúas con eso?

–¿Yo? Nada –dijo con inocencia–. Pero tienes que admitir que está muy bueno…

Jessie se puso tensa.

–Sí… supongo que sí.

Ali le puso una mano en el brazo.

–Entiendo cómo te sientes. Los Latimer son irresistibles. Lo sé por experiencia.

–No sé de qué estás hablando, Ali.

Ali la miró con sorna.

–No, claro que no. Pero si necesitas hablar conmigo, sabes dónde encontrarme.

Linc ya había empezado a sacar la carne de la parrilla cuando Monroe apareció en el jardín.

–¡Tío Roe!

La niña salió corriendo hacia él, que la tomó en brazos y la alzó en vilo.

–Parece que se ha encaprichado de Monroe –comentó Ali.

Jessie ni siquiera se atrevió a contemplar la escena. Tenía miedo de que Ali la mirara a los ojos y se diera cuenta de lo que sentía por él.

–Hola, Monroe –dijo Linc–. Llegas justo a tiempo… Jess, ¿por qué no le vas a buscar una cerveza? Es evidente que tiene las manos ocupadas.

Jessie le fue a buscar la cerveza y se la dio. Monroe, que aún tenía a la niña en brazos, sonrió y dijo:

–Gracias, pelirroja.

Ella asintió y apartó la vista, pero no antes de que él notara lo que parecía ser un gesto de preocupación. Entonces, Linc anunció que la carne estaba preparada y empezó a llevar las cosas a la mesa. Cuando ya estaba todo dispuesto, se acercó a Monroe y le puso una mano en la espalda a la niña.

–Ven conmigo, Emmy. Te puedes sentar en mi regazo mientras comemos.

–Me quiero quedar con el tío –protestó la pequeña.

–No te preocupes –dijo Monroe–. No me molesta.

–¿Estás seguro? Parece que se va a quedar dormida en cualquier momento. No sabes lo difícil que es cortar un filete con una niña entre los brazos.

Monroe se limitó a asentir y se sentó a la mesa.

La cena fue de lo más agradable. La conversación se mantuvo en terrenos seguros, pero Jessie se dio cuenta de que Monroe estaba muy callado y se preguntó qué le pasaría. Al cabo de unos minutos, Emmy se quedó dormida entre sus brazos. Para entonces, Ali y Linc ya habían terminado de cenar.

–Uf, me siento terriblemente hinchada… –dijo Ali.

–Te sientes hinchada porque lo estás –declaró su esposo.

–No tiene gracia, Latimer.

Linc soltó una carcajada.

–Anda, ven conmigo. Te llevaré al sofá para que te tumbes un rato. ¿Quieres que me lleve a Emmy, Monroe?

Monroe sacudió la cabeza.

–No, está profundamente dormida y no molesta. Cuidaré de ella un poco más.

–Gracias.

Ali y Linc entraron en la casa, dejándolos a solas. Jessie miró entonces el plato de Monroe y sintió lástima de él. Su hermano había acertado al decir que cortar la carne con Emmy entre los brazos le iba a resultar difícil. De hecho, casi no había comido.

–¿Quieres que te la corte yo? –se ofreció.

Él arqueo las cejas.

–Sí, gracias. Estoy hambriento.

Jessie se inclinó y le cortó la carne.

–Me siento como si fuera un niño de parvulario. Mira que no poder cortar ni un filete…

–Deja que me ocupe de ella. De todas formas, es hora de que se acueste.

–No es necesario. Me gusta tenerla encima… Sobre todo, cuando está dormida y no habla como una cotorra.

Jessie soltó una risita.

–¿Qué te parece tan divertido?

–Tú. Eres un encanto.

Monroe frunció el ceño.

–Eh, eso es lo que yo te digo a ti –protestó.

–Pues ahora es mi frase –dijo Jessie, que señaló a Emmy–. Está loca por ti, ¿lo sabías?

–Es una buena chica…

–Y, por lo visto, sabe juzgar a las personas.

Monroe la miró desconcertado. En primer lugar, porque la afirmación de Jessie se parecía mucho a un cumplido y, en segundo, porque tenía intención de coquetear con ella aquella noche y estaba perdiendo la oportunidad. No la quería seducir. Quería ganarse su aprobación y su afecto. Pero pensó que eso era imposible.

Confundido, sus palabras siguientes sonaron más bruscas de lo que pretendía.

–Emmy no me conoce. Y tú tampoco, pelirroja.

A Jessie le sorprendió su brusquedad; pero, cuando lo miró a los ojos, supo que no estaba enfadado, sino asustado.

–¿Por qué dices eso? ¿Es que te da miedo el afecto de la gente?

Monroe la miró con cara de pocos amigos.

–¿A qué diablos viene eso?

La niña se movió en sueños y Monroe la acunó hasta que se tranquilizó otra vez.

–No te equivoques –continuó él al cabo de unos momentos–. Si te empeñas en ponerte afectuosa conmigo, no te rechazaré. De hecho, cuento con ello.

Jessie arqueó una ceja.

–¿Me estás desafiando? Ten cuidado con lo que haces. Podría tomarte la palabra.

Monroe le dedicó una mirada de sorpresa que se transformó inmediatamente en una de deseo. De hecho, la miraba como si la quisiera devorar, y Jessie pensó que no debía bajar la guardia; que fuera un encanto no significaba que no fuera peligroso.

Justo entonces, oyeron la voz de Linc.

–Jess, ¿puedes limpiar la mesa mientras yo acuesto a Emmy?

Jessie se giró hacia su cuñado, que acababa de salir de la casa, y suspiró. Si hubiera tenido que definir su situación, habría utilizado un frase típica del boxeo: salvada por la campana.

Jessie se sentó junto al tocador y se empezó a poner crema hidratante en la cara. Como de costumbre, su mirada se clavó en la ventana del dor-

59

mitorio o, más bien, en la oscuridad que la separaba del apartamento de Monroe.

Echó un vistazo al reloj y vio que faltaba poco para la medianoche; pero las luces del apartamento seguían encendidas, y se preguntó si Monroe no dormía nunca.

A continuación, cerró las cortinas, se puso un camisón de raso y apagó la lámpara. Todo estaba en silencio cuando se acostó en la enorme cama de matrimonio. Solo se oía el zumbido bajo del aire acondicionado.

Al sentir el contacto de las sábanas se puso a pensar en Monroe. Aún la ponía nerviosa. A fin de cuentas, no había olvidado aquel beso. Pero la opinión que tenía de él había cambiado radicalmente.

Ahora sabía que era mucho más que un hombre atractivo. Además de cuidar a la niña, se levantaba todos los días a primera hora y ponía a punto los coches o trabajaba en el jardín, que tenía mejor aspecto que nunca. Linc le recordaba una y otra vez que era un invitado y que no hacía falta que trabajara, pero él se encogía de hombros y decía que le gustaba trabajar.

Luego, por las tardes, desaparecía en su apartamento. Y, normalmente, rechazaba las invitaciones de Ali para que cenara con ellos.

Jessie habría dado cualquier cosa por saber lo que hacía cuando estaba solo. Se lo había preguntado mil veces y no había llegado a ninguna conclusión. Pero aquella noche se puso a pensar en lo poco que sabía de Monroe Latimer y, al cabo de unos minutos, encontró la respuesta que buscaba.

Estaba pintando.

Jessie se maldijo por haber sido tan obtusa. Si no hubiera estado distraída por el recuerdo de aquel beso y por lo que sentía hacia él, lo habría adivinado mucho antes.

Se levantó de la cama, entró en el cuarto de baño y se sirvió un vaso de agua mientras hacía conjeturas sobre sus cuadros. ¿Qué tipo de cosas pintaba? No sabía si tenía talento, pero no podía negar que tenía dedicación. Trabajaba todas las tardes y casi todas las noches.

Se bebió el agua, se acercó a la ventana y apartó la cortina lo justo para mirar. Se sentía como una adolescente espiando a un hombre. Sin embargo, no lo podía evitar. Ahora lo encontraba más irresistible que nunca.

Al fin y al cabo, el arte también era su pasión. Al salir de la universidad, había intentado dedicarse al diseño, pero enseguida se dio cuenta de que no estaba hecha para eso. No es que fuera mala, es que nunca llegaría a ser grande. Y se deprimió tanto que, al final, hasta dejó el trabajo de diseñadora que había conseguido en una pequeña empresa del Soho.

Cuando Ali y Linc le pidieron que pasara el verano con ellos y cuidara de su hija, Jessie aceptó sin dudarlo un segundo. Era una oportunidad perfecta para olvidar su fracaso con Toby y su fracaso como diseñadora. De hecho, todo había salido mejor de lo que imaginaba. Había recuperado su entusiasmo y, ahora que había conseguido un empleo en la galería de Cranford, empezaba a pensar en cambiar de objetivo.

Se había dado cuenta de que había campos más apropiados para su talento. No era una diseñadora genial, pero sabía de arte y sabía distinguirlo cuando lo veía.

Tras mirar el apartamento de Monroe durante unos minutos, echó otra vez la cortina y volvió a la cama. Había tomado una decisión. Al día siguiente, se presentaría en su domicilio temporal y exigiría que le enseñara su obra.

Seguro que no sería tan difícil.

Capítulo Seis

–Monroe, tengo que hablar contigo.

–Por supuesto. ¿De qué quieres que hablemos?

Monroe arqueó una ceja y miró a Linc. Estaban en la cocina de la casa principal. Era sábado por la mañana y, después de la barbacoa de la noche anterior y de los sentimientos que se habían despertado en él, lo último que le apetecía tener era una conversación seria de hermano a hermano.

Linc abrió el frigorífico, sacó dos refrescos y los dejó en la mesa.

–Siéntate conmigo, por favor.

Monroe se sentó y echó un trago.

–¿Qué ocurre?

–Quiero que dejes de cortar el césped del jardín. Y, ya puestos, que dejes de arreglar los coches y de hacer todas las cosas que haces.

–Bueno, el BMW necesitaba una puesta a punto… Es un coche magnífico, pero lo tenías bastante abandonado –declaró con naturalidad.

Linc plantó su refresco en la mesa con tanta fuerza que se cayó la fotografía enmarcada que estaba en ella.

–El coche no funcionaba bien desde hacía años. Pero esa no es la cuestión, Monroe. Eres mi invitado. No tienes que trabajar para alojarte en mi casa.

–Ya te he dicho que no soy un gorrón, Linc. Si no me dejas trabajar, me iré.

–Maldita sea… –dijo Linc, resignado.

Monroe alcanzó una foto que se había caído con el golpe que había dado en la mesa y la volvió a poner en pie. Era de su boda.

–Bonita fotografía –dijo.

Linc asintió.

–La hizo el padre de Ali. Fue un día maravilloso.

Monroe volvió a mirar la imagen y observó que Jessie estaba al fondo, entre los invitados. Luego, sin darse cuenta de lo que hacía, pasó un dedo por el cristal. Linc sonrió y declaró en voz baja:

–Es toda una mujer, ¿verdad?

–¿Qué?

–Me refiero a Jessie.

Monroe dejó la foto en la mesa.

–Sí, pero no te preocupes. Sé que está fuera de mi alcance.

Linc frunció el ceño.

–¿Por qué dices eso?

Monroe arqueó una ceja.

–Oh, vamos –dijo, intentando parecer indiferente–. Cualquiera se daría cuenta de que está buscando una relación seria, y tú y yo sabemos que no estoy hecho para esas cosas.

Linc entrecerró los ojos.

–¿Por qué no, Monroe?

–No lo sé, Linc –contestó con amargura–. Quizá porque estuve en la cárcel cuando debería haber estado en el instituto.

Monroe se levantó enfadado. Linc lo miró con frialdad y, al cabo de un par de segundos, preguntó:

–¿Qué te asusta tanto del compromiso?

Monroe apretó los dientes. No quería hablar de sus sentimientos. No quería abrir su corazón. Solo quería que lo dejaran en paz.

–El compromiso no me asusta –contestó, intentando mantener la calma–. Sencillamente, no me interesa.

–Entonces, ten cuidado con Jess. Le podrías hacer daño, Roe.

–No tengo intención de hacerle daño. Pero, en cualquier caso, no es asunto tuyo.

Monroe se terminó el refresco de un trago, tiró la lata a la basura y salió de la cocina a toda prisa. Entonces, Linc sacudió la cabeza lentamente y sonrió.

–En eso te equivocas, Roe –dijo en voz alta–. Somos familia y, en consecuencia, te guste o no, es asunto mío.

–Hola, Monroe.

Monroe apagó el motor de la cortadora de césped al oír la voz de Ali. Después, respiró hondo y se armó de paciencia mientras su cuñada se acercaba a él.

–Eres justo el hombre con quien necesito hablar.

–Pues adelante. Te escucho.

Ali se llevó una mano al estómago y él la miró con horror.

–No te preocupes, Monroe –dijo ella, sonriendo–. No daré a luz hasta dentro de unas semanas.

Él suspiró. Se quitó el pañuelo que llevaba en la cabeza y se lo guardó en el bolsillo trasero de los pantalones mientras miraba a Ali. No solo estaba enorme; también estaba preciosa. Y pensó que Jessie estaría igual si se quedara embarazada.

–Quería hablar contigo del trabajo que has estado haciendo. Los jardines tienen un aspecto fantástico.

–Gracias. Pero no me digas que te manda Linc…

Ella lo miró con sorpresa.

–¿Linc? No. ¿Es que has hablado con él?

–Sí, eso me temo.

–Me lo imaginaba. Linc tiene sus propias ideas sobre el dinero. Es muy generoso y, como a él le sobra, no entiende que su familia se empeñe en trabajar. Olvida que a veces no se trata de dinero, sino de orgullo y amor propio.

Monroe se quedó sin habla. Se habían conocido unos días antes, pero Ali lo había calado hasta el fondo.

–En cualquier caso, tampoco he venido a hablar contigo de Linc y sus defectos.

–¿Entonces?

–Tu hermano y yo vamos a pasar unas semanas

en el ático que tenemos en Nueva York. A Linc le ha surgido un problema en la delegación de allí –respondió Ali–. Nos vamos mañana por la noche.

–Bueno, no os preocupéis por mí.

–No es tan fácil como crees. Emmy cumple seis años el martes que viene.

Monroe sonrió.

–Sí, ya lo sé. Me lo ha dicho cien veces por lo menos.

Ali le devolvió la sonrisa.

–Me lo imagino –dijo–. Pero hemos tenido una idea… organizarle una fiesta sorpresa para mañana.

–Ah, comprendo… Queréis que me marche –dijo Monroe, intentando disimular su decepción–. Bueno, no será un problema.

–¿Cómo? –Ali lo miró con horror–. ¡No, por supuesto que no! No me he arrastrado hasta aquí, con lo que pesa un estómago de este tamaño para decirte que te marches de nuestra casa. Queremos que asistas a la fiesta. Emmy se pondría muy triste si no asistieras. Todos nos llevaríamos un disgusto.

–¿Estás segura?

–Te lo advierto, Monroe. Como no vayas a la fiesta, te aseguro que… –Ali dejó la frase sin terminar –. ¡Ay!

Monroe palideció.

–¿Estás bien? ¿Es el bebé'

–Sí, sí, estoy bien. Es que pega muchas patadas. –Ali lo tomó de la mano y se la puso sobre el estómago–. Si aprietas un poco, lo sentirás.

Monroe le hizo caso. Un segundo después, notó dos pataditas.

–¡Caramba! –dijo, asombrado.

–Es genial, ¿verdad? Ha resultado ser un verdadero gamberro. Emmy era muy tranquila... aunque dejó de serlo cuando nació.

Él se puso muy serio.

–¿Te encuentras bien? –preguntó ella al notarlo.

–Sí, es que... –Monroe se sintió dominado por una tristeza terrible, que había creído enterrada en lo más hondo de su ser–. Bueno, no importa. Tengo que seguir con mi trabajo. Nos veremos más tarde.

Ali lo miró con extrañeza. ¿Qué le había pasado? ¿Por qué estaba tan triste de repente?

–De acuerdo, pero no olvides que mañana te esperamos en casa.

–No, claro que no.

–Y no aceptaremos excusas...

Monroe se sacó el pañuelo del bolsillo, se lo ató alrededor de la cabeza y, a continuación, se subió a la moto y desapareció en la distancia.

Ali no entendía nada. Pero era lo suficientemente perceptiva como para darse cuenta de que el cambió de actitud de Monroe había coincidido con sus comentarios sobre el bebé que llevaba dentro.

Capítulo Siete

Jessie apuntó su tercera venta del día cuando la señora Bennett, la dueña de la galería de arte de Cranford, se le acercó.

–Bien hecho, querida. No recuerdo cuándo fue la última vez que vendimos tres lienzos en un par de horas –declaró con una sonrisa.

–Gracias, señora Bennett.

–Esto se te da muy bien…

–No, solo tengo suerte con las ventas.

–No me refiero a las ventas, aunque tampoco sea un asunto despreciable. Me refiero al arte. Tienes buen ojo, querida.

Jessie se sintió profundamente halagada. Por lo visto, su idea de abrirse camino en el mundo del arte no era del todo absurda.

–Gracias. Significa mucho para mí.

–De nada. Pero no he venido a hablar contigo por motivos puramente altruistas.

–¿Ah, no?

–Ellen Athur me acaba de llamar para decirme que se ha torcido un tobillo.

Ellen era la subdirectora de ventas de la galería, pero también trabajaba de conservadora a tiempo parcial.

–Qué horror…

–No parece grave, pero estará de baja durante quince días y necesito que alguien la cubra por las mañanas. ¿Te puedes encargar tú?

–Me encantaría… –Ali se detuvo un momento–. Oh, no. Acabo de recordar que mi hermana y su marido quieren que me marche con ellos a Nueva York… Pero supongo que lo puedo hablar con ellos.

–Bueno, llámala por teléfono y pregúntale si te necesitan de verdad. Obviamente, te pagaré el mismo sueldo que a Ellen, y tendrás la oportunidad de ver el resto de nuestras existencias. De hecho, me gustaría que me aconsejaras al respecto. Al fin y al cabo, has conseguido vender diez cuadros en solo dos sábados.

Jessie habló con Ali, quien le dijo que se podía quedar tranquilamente en su casa. Pero entonces se dio cuenta de que el trabajo que le había ofrecido la señora Bennett tenía una complicación: quedarse en la casa de Ali implicaba quedarse a solas con Monroe durante quince días seguidos.

Aún le estaba dando vueltas al asunto cuando la señora Bennett entró en el pequeño despacho.

–¿Ya has hablado con tu hermana?

–Sí, todo está arreglado.

–Excelente –dijo–. Pero ahora necesito que vuelvas a la tienda. Acaba de entrar un joven de lo más atractivo. O está sin blanca o es el primer *beatnik* que he visto en los últimos veinte años, pero no deja de ser un cliente.

Jessie se dirigió a la tienda y se quedó atónita cuando vio que el joven en cuestión era Monroe. Estaba mirando un cuadro con las manos metidas en los bolsillos. Y le pareció tan guapo que se lo habría comido allí mismo.

Respiró hondo y caminó hacia él. Si iban a estar solos durante dos semanas, sería mejor que se acostumbrara a la idea y encontrara la forma de sobrellevarlo.

–¿Te gusta ese cuadro?

Cuando Monroe se dio la vuelta y la miró, pensó que se había confundido al creer que había oído la voz de Jessie. La mujer que estaba ante él llevaba un traje oscuro y el pelo recogido en un moño. Pero era ella; no había duda alguna. Y deseó acercarse, quitarse las horquillas del pelo y soltárselo.

–¿Monroe? –insistió Jessie, al ver que no decía nada.

–¿Cómo? Ah, sí, me preguntabas por el cuadro… Es un poco soso.

Ella miró el lienzo y pensó que tenía razón. El autor no había conseguido captar la magnificencia del tema, una tormenta marina.

–Sí, no se puede decir que sea muy bueno.

Él se la quedó mirando otra vez.

–¿Te pasa algo, Monroe?

–No, no, es que…

–¿Sí?

Monroe tragó saliva.

–Me han invitado a la fiesta de cumpleaños.

Jessie sonrió.

–Ah, ¿vas a venir?

–Qué remedio. Ali no me ha dejado elección.

Ella sonrió un poco más.

–Mi hermana siempre ha sido una mandona.

–Sí, ya, pero no sé qué comprarle a Emmy… De regalo, quiero decir.

–No tienes que comprarle nada.

Monroe frunció el ceño.

–Por supuesto que sí.

–Bueno, hay una tienda de juguetes en Main Street, seguro que encuentras algo adecuado para ella.

Él la miró con horror.

–Pero no puedo ir solo. No sabría qué comprar.

–¿Me estás diciendo que a un tipo grande y peligroso como tú le da miedo entrar en una tienda de juguetes?

–Exactamente –dijo con una sonrisa–. ¿A qué hora sales de trabajar?

Jessie miró el reloj de la pared.

–Dentro de media hora.

–Magnifico. Te estaré esperando en la cafetería. Y no me falles, por favor…

–Está bien. Pero me deberás una.

Él le acarició la nariz con un dedo.

–Trato hecho. Hasta luego, pelirroja.

Noventa minutos después, estaba tan frustrada que se arrepintió de haberse ofrecido a acompañarlo.

–¿Qué es esto? ¿Una cabeza cortada?

Jessie le quitó el juguete y lo devolvió a la estantería.

–Es una cabecita de maniquí para aprender a hacer peinados –respondió con exasperación–. ¿Qué te parecen esas muñecas? A Emmy le gustan mucho.

Monroe miró las muñecas con espanto.

–No le voy a comprar muñecas que parecen… prostitutas baratas.

Jessie respiró hondo e intentó mantener la calma.

–Está bien, no te preocupes. Encontraremos el regalo adecuado. Aunque nos lleve toda la tarde –dijo.

Él se pasó la mano por el pelo.

–Gracias. Es importante para mí.

–No me digas.

Cuando salieron de la juguetería, Jessie miró las tiendas que estaban al otro lado de la calle y tuvo una idea.

–Ven conmigo. Se me acaba de ocurrir algo.

Minutos más tarde, miró la caja que llevaba bajo el brazo y sonrió. Estaba llena de cochecitos de juguete, con todos sus accesorios. Un regalo perfecto para una niña que disfrutaba con la mecánica.

–Eres genial, Jessie.

–Ahora solo necesitas papel de envolver y una tarjeta de regalo.

–Estoy en deuda contigo, pelirroja. ¿Qué te parece si nos tomamos una cerveza en el puerto? Invito yo.

—Me parece muy bien.

Jessie lo tomó del brazo. Se sentía más cómoda que nunca con él. Lo deseaba cada vez más y, al pensar en ello, se le ocurrió que era un buen momento para plantearle lo que había pensando durante las veinticuatro horas anteriores.

—Me alegra que estés en deuda conmigo, porque te quería pedir un favor.

—Lo que quieras. ¿De qué se trata?

—Te lo diré cuando lleguemos al puerto.

Al cabo de unos minutos, se sentaron en una de las terrazas del paseo marítimo y pidieron un par de cervezas. Entonces, Monroe preguntó:

—¿Qué favor me querías pedir?

Ella echó un trago antes de responder.

—Quiero ver lo que has estado pintando durante los últimos días.

Él se quedó helado.

—¿Cómo sabes que pinto?

—Me lo dijiste tú mismo —le recordó—. Me extraña que no se lo hayas dicho a Linc y Ali.

Monroe intentó parecer relajado.

—¿Por qué tendría que decírselo? No es importante.

Jessie supo que no estaba diciendo la verdad. La pintura era muy importante para él.

—Bueno, si no es importante, no te molestará que vea tu obra.

Él alcanzó su botella y echó un trago.

–No he terminado ningún cuadro.

–Comprendo. Pero, ¿podré verlos cuando terminees?

Él se encogió de hombros.

–Si te empeñas… Aunque, como ya he dicho, no es para tanto.

–De todas formas, me gustaría verlos.

Monroe guardó un silencio incómodo, y ella decidió cambiar de conversión para no presionarlo demasiado.

–Por cierto, ¿vas a venir esta noche a cenar?

Él frunció el ceño.

–No, esperaré a la fiesta de mañana. No quiero abusar de la hospitalidad de mi hermano –contestó.

Cuando terminaron las cervezas, Monroe pagó la cuenta y se levantó.

–Será mejor que nos vayamos. Se está haciendo tarde –dijo.

–Como quieras.

Monroe se subió a su motocicleta y ella al BMW de Linc, que le había prestado aquella mañana.

Estaba completamente solo. No tenía a nadie. Y se preguntó cómo se las arreglaba para sobrevivir sin familiares ni amigos. Cayó en la cuenta de que Monroe no era tan indiferente como aparentaba ser. No se negaba a enseñarle su obra ni a cenar con ellos porque no le interesara. Se negaba porque le asustaba la posibilidad de abrir su corazón a lo desconocido, a lo que no había tenido nunca: familia, aprobación y amor.

Capítulo Ocho

–Parece que lo superan en número. ¿Deberíamos rescatarlo?

Jessie se sobresaltó al oír la voz de Linc. Estaba tan concentrada mirando a Monroe, quien se había puesto a jugar con cinco niñas, que no se había dado cuenta de que se le había acercado. Era obvio que Emmy y sus amigas adoraban al tío Roe.

–Creo que se va a arrepentir de haberse prestado a jugar con ellas –continuó Linc, riendo–. Pero bueno, Ali me ha enviado a decirte que la comida está preparada. ¿Puedes llevar a las niñas a la piscina?

–Por supuesto.

–Tengo una sorpresa para Monroe. Voy a buscarle, pero asegúrate de que no se marche…

–No te preocupes, me aseguraré.

Jessie se preguntó de que sorpresa se trataría y a continuación empezó a dar palmas para llamar la atención de las pequeñas.

–¡Vamos, chicas! La comida está preparada. La última que llegue a la piscina se quedará sin comer –amenazó en tono de broma.

Las niñas salieron corriendo y dejaron en paz a Monroe, que se quedó sentado en la alfombra del salón.

–Dios mío. Son como la marabunta.

Jessie sonrió.

–Al menos, has sobrevivido…

–Por los pelos. Ali se olvidó de decirme que atacan en grupo, como los lobos.

De repente, él la agarró de un tobillo y la tumbó encima de él.

–¿Se puede saber qué estás haciendo? –preguntó indignada.

–Lo que he querido hacer desde la última vez que estuvimos así.

Monroe no perdió el tiempo. Le puso las manos en la cara y le dio un beso largo y apasionado. Jessie se dejó llevar porque lo deseaba tanto como él, pero, al cabo de unos momentos, lo apartó con fuerza y dijo:

–No podemos seguir. Estamos en una fiesta de niños.

Él frunció el ceño.

–Sí, tienes razón.

Los dos se levantaron del suelo.

–No puedo creer que nos acabemos de besar en el salón de la casa, con todo el mundo en el jardín –declaró ella, ruborizada.

–Bueno, admito que, para haber planeado este momento durante toda la semana, no me ha salido demasiado bien…

Ella lo miró con extrañeza.

–¿Qué quieres decir con eso de que lo habías planeado?

Monroe le puso las manos en las caderas y dijo:

–Tenemos que hablar, pelirroja.

–¿De qué quieres que hablemos? –preguntó ella con inseguridad.

–De nosotros.

–¿De nosotros? No hay ningún nosotros.

–Pero lo habrá. Y no me digas que no lo sabías.

Jessie se quedó sin palabras durante unos segundos. Aún sentía el eco de sus labios y el contacto de su cuerpo, además de un calor intenso entre las piernas.

–Ahora no podemos hablar. Tenemos que estar con Emmy cuando corte la tarta –le recordó.

Él le acarició la mejilla.

–Lo sé. Pero después, hablaremos.

La fiesta de las niñas fue todo un éxito. Comieron, bebieron, se divirtieron y por fin llegó el momento de que Emmy soplara las velas de la tarta. Ya se disponían a cortarla cuando Linc alzó la voz.

–Hay algo que debéis saber antes de que empecemos a disfrutar de la tarta –declaró–. Resulta que Emmy no el único miembro de la familia Latimer que cumple años este mes. Su tío cumplió años el miércoles pasado.

Linc se inclinó y alcanzó un regalo que había escondido debajo de la mesa. Su hermano se puso tenso al instante.

–Esto es para ti, Monroe –siguió hablando–. Sé que llega con retraso, pero más vale tarde que nunca. Feliz cumpleaños, hermano.

Emmy y sus amigas empezaron a aplaudir, al igual que Ali y el resto de los adultos. Pero Monroe se quedó inmóvil, como si no supiera qué hacer ni qué decir.

–Vamos, Monroe –dijo Jessie–. Ábrelo…

Monroe alcanzó el regalo de Linc y se quedó mirando el paquete.

–Yo… –empezó a decir–. Lo siento, pero… Tengo que irme.

Para sorpresa de todos, Monroe dio media vuelta y se alejó por el jardín con el paquete debajo del brazo. Jessie se quedó atónita. Linc suspiró y dijo a Ali en voz baja:

–Vaya, no ha salido precisamente bien…

Ali le frotó la espalda a su esposo.

–Has hecho lo correcto, Linc. Tenías que hacerle un regalo.

–Yo no estoy tan seguro. Era demasiado pronto.

Jessie los miró desconcertada. No sabía a qué se referían, pero decidió intervenir.

–No puedo creer que os lo toméis con tanta calma. Monroe se ha comportado de un modo grosero. Y se lo voy a decir ahora mismo.

Jessie intentó seguir a Monroe, pero Ali la detuvo.

–No, déjalo en paz, Jessie. Necesita tiempo.

–¿Tiempo? Lo que necesita es una buena patada en el trasero –declaró con indignación–. Se ha portado como un niño. Ni siquiera os ha dado las gracias.

Ali suspiró.

–Jess, hay cosas que tú no entiendes. Es un asunto entre Linc y Monroe.

Jessie se mordió el labio inferior en un intento por aplacar su enfado y su perplejidad. ¿Qué estaba pasando allí? ¿Qué era lo que no entendía?

–Vamos, ven conmigo –dijo Ali con una sonrisa–. Tenemos que ayudar a Emmy a abrir todos sus regalos.

Jessie asintió, pero no dejó de pensar en lo sucedido. Aún estaba enfadada cuando los invitados se fueron y ella empezó a limpiar la casa mientras su hermana y Linc preparaban las maletas para irse a Nueva York. Una hora después, todo estaba tan limpio como si no hubieran celebrado ninguna fiesta. Y ella seguía dando vueltas al asunto.

Tras acompañar a la pareja al coche, dijo que alguien debía ir al apartamento para hablar con Monroe; pero Ali sacudió la cabeza.

–Olvídalo, Jess. No te preocupes por él.

Cuando el coche salió de la propiedad, Jessie cerró el portalón de la verja y se dirigió directamente al apartamento. Monroe tenía la música tan alta que tuvo que gritar varias veces con todas sus fuerzas para llamar su atención. Por fin, él apagó la música, abrió la puerta y la miró a los ojos. Estaba desnudo de cintura para arriba, y tenía manchas de pintura por todo el pecho.

–¿Llevas mucho tiempo en la puerta?

–Bastante –contestó mientras entraba en el apartamento–. Linc, Ali y Emmy se acaban de marchar. Lo digo por si te interesa.

Él asintió.

–Si eso es todo lo que tienes que decir, te ruego que te vayas. Estoy muy ocupado. No tengo tiempo para hablar.

Jessie respiró hondo, irritada.

–Te has portado como un idiota –bramó–. Deberías haberte despedido de ellos. Deberías haber pedido disculpas a Linc.

Los ojos de Monroe brillaron brevemente al oír el nombre de su hermano.

–Márchate, Jessie. Ahora no estoy de humor para nada.

Ella hizo caso omiso.

–¿Se puede saber qué ha pasado en la piscina? ¿Por qué te has ido? ¿Por qué no has podido aceptar un simple regalo?

–Jessie, no te metas donde no te llaman. Que nos hayamos besado y que arda en deseos de verte desnuda no significa que tengas derecho a meter tus narices en mis asuntos.

Jessie no se dejó engañar por la actitud grosera de Monroe. Ya lo conocía lo suficiente como para saber que solo intentaba enfadarla, para que perdiera los estribos, saliera del apartamento y lo dejara en paz.

–¿Por qué estás siendo deliberadamente cruel? No es propio de ti.

–¿Y tú qué sabes? No me conoces.

Monroe apartó la mirada, pero no antes de que Jessie viera un destello de angustia en sus ojos.

–¿Qué te pasa, Monroe?

–Te lo advierto, Jessie… Es mejor que te vayas –insistió.

Monroe se acercó a la ventana y le dio la espalda. Ella miró sus cicatrices durante unos momentos y, a continuación, le puso una mano en el hombro.

Él se giró al instante.

–No me toques, por favor.

Esta vez, Jessie pudo verle los ojos con claridad. Estaban llenos de confusión y desesperación.

–¿Qué ocurre? Dímelo de una vez –le rogó–. ¿Por qué te ha alterado tanto ese regalo? ¿Por qué has sido incapaz de aceptarlo sin más?

–Porque nunca me había encontrado en esa situación –contestó con rabia–. Porque no me habían hecho un regalo de cumpleaños en toda mi vida.

Capítulo Nueve

Monroe estaba atrapado entre la ira y el deseo, en el oleaje de emociones contradictorias que lo azotaban desde que Linc le había dado su regalo de cumpleaños. Y, por encima de aquellas emociones, destacaba una: la culpabilidad.

Había llevado una vida de nómada desde que salió de prisión. Se acostaba con mujeres que luego seguían su camino y entablaba amistades que duraban poco. Pero le gustaba, y no buscaba otra cosa.

Hasta que Linc le dio aquel paquete envuelto en papel brillante y despertó la antigua necesidad de sentirse parte de algo.

En ese momento, se dio cuenta de que su hermano, Ali, Emmy y, sobre todo, Jessie, lo habían aceptado en sus vidas y en sus corazones. Y también se dio cuenta de que lo deseaba. Pero estaba convencido de que no lo merecía.

Monroe no se creía una buena persona. Se creía un manipulador, un hombre que usaba a la gente y que después seguía adelante porque solo se quería a sí mismo.

En su desesperación, había regresado al apartamento y se había puesto a pintar como un loco.

Pero aquellas emociones no dejaron de torturarlo. Y cuando Jessie apareció en la puerta, pensó que debía huir a toda prisa antes de quitarle algo que no le podría devolver. Era una mujer preciosa, apasionada, impulsiva y sincera. Era todas las cosas que él no era.

–¿Cómo es posible que nunca te hicieran un regalo de cumpleaños? –preguntó ella con suavidad.

Él volvió a mirar por la ventana. No se sentía capaz de mirarla a los ojos y mentir.

–Yo hago lo que quiero y cuando quiero –dijo–. No tengo familia. No la necesito. No quiero establecer lazos con nadie. Me gusta mi vida así.

Jessie notó la rabia y la desesperación en sus palabras y pensó que había acertado con sus suposiciones. Se sentía solo y tenía miedo.

Ahora entendía su reacción. El regalo de Linc contenía cosas que Monroe no entendía: amor, confianza y afecto. Cosas que no había tenido nunca; cosas que ansiaba, aunque fingiera estar por encima de ellas.

Pero Jessie estaba llena de amor, y más que dispuesta a dárselo. Poco a poco, sin darse cuenta, se había enamorado de él. Y ahora entendía el motivo. Monroe Latimer era el hombre que había estado esperando. Era todo lo que quería. Tan atractivo, tan vulnerable, tan confundido.

Solo tenía que dar el primer paso. El resto se solucionaría con el tiempo.

–Todo el mundo necesita una familia, Monroe.

Monroe clavó la vista en ella.

–Maldita sea… ¿Es que no lo entiendes? Te he utilizado. Vi algo que quería e hice lo posible por tenerlo. Ya has oído lo que he dicho antes, cuando te he tumbado en el suelo y te he besado. Lo había planeado. Me he ganado tu confianza y tu amistad sin más intención que acostarme contigo.

Ella soltó una carcajada.

–Pues si ese era el plan lo estás estropeando un poco.

Él se quedó boquiabierto.

–¿Cómo?

Jessie dio un paso adelante y le puso las manos en el cuello. Los duros y tensos músculos del pecho de Monroe temblaron ligeramente contra sus senos. Por primera vez, ella tenía el poder.

–Gracias, Monroe –dijo con un ronroneo de gata–. Te agradezco que hayas hecho todo el trabajo hasta ahora. Ha sido un detalle.

Ella le acarició la nuca y él se estremeció.

–Pero, a partir de este momento –siguió hablando–, yo llevaré las riendas.

Monroe la tomó entre sus brazos y se apretó contra ella.

–Estás jugando con dinamita, pelirroja. No soy un santo. Si sigues por ese camino, tendrás que afrontar las consecuencias.

Jessie sonrió y dijo:

–Estaré encantada de afrontarlas.

–¿Estás segura? –preguntó con voz ronca–. ¿Completamente segura?

–Sí –susurró.

Monroe le dio un beso tan breve como apasionado. Luego, la miró a los ojos, apoyó la cabeza en su frente y declaró:

—Quiero verte, pelirroja.

Le llevó las manos a los hombros, apartó los tirantes del vestido y se lo bajó hasta la cintura mientras ella sacaba los brazos. A continuación, descendió sobre su pecho y cerró los labios y la boca sobre el excitado pezón, que succionó con fuerza.

Ella soltó un grito ahogado. Él le desabrochó el sujetador y se lo quitó.

—Eres preciosa —dijo, frotándole los pezones con los dedos.

Jessie se sentía de repente como si fuera de cera. Y tenía tanto calor que tuvo miedo de desmayarse.

Entonces, él le bajó un poco más el vestido y la tomó de la mano para que se apoyara en él mientras sacaba las piernas de la prenda. Después, introdujo un dedo por debajo de las braguitas y se las arrancó sin más.

Jessie tuvo un instante de pánico, que se apagó cuando él la tomó entre sus brazos, la llevó al sofá y se empezó a desabrochar los vaqueros.

En ese momento, parecía un bárbaro. ¿Qué había hecho? ¿Qué fuerzas había desatado en él? Los músculos de su pecho subían y bajaban al ritmo de su respiración. Su sexo endurecido se alzaba orgulloso.

Estaba magnífico.

Un segundo después, se arrodilló a su lado, le

pasó los dedos por el estómago y le arrancó un escalofrío que se convirtió en un grito de placer cuando le metió la mano entre las piernas y le acarició el clítoris con dulzura.

–Lo siento, pelirroja, pero no puedo esperar.

Monroe se puso sobre ella, hundiéndola en los cojines del sofá. Después, la agarró de las caderas, se puso en posición y la empezó a penetrar. Hasta que Jessie gritó de nuevo.

–Para… Para, por favor. Me duele.

Él se quedó confundido.

–¿Qué ocurre?

Monroe salió de ella.

–No puedo seguir –contestó, sintiendo una profunda vergüenza–. No estoy acostumbrada a estas cosas.

Los ojos de Jessie se humedecieron.

–No, no llores… –dijo él–. Ha sido culpa mía. He ido demasiado deprisa.

Ella se quiso levantar, pero Monroe estaba encima y no se podía mover.

–Por favor… Tengo que irme.

–No te vayas, pelirroja. –Monroe le dio un beso en los labios–. ¿Es que te sientes insegura porque ese canalla te dijo que eras frígida?

–Yo…

–Es eso, ¿verdad? ¿Cómo se llamaba?

–Toby. Toby Collins.

–Toby, ¿eh? Pues te aseguro que me encantaría hablar con él y darle una buena lección –dijo con rabia–. Pero, en cualquier caso, ese descerebrado no está aquí, con nosotros. Y te voy a demostrar que no eres frígida.

–Monroe… No es necesario…

–Claro que lo es.

–No sé si puedo –le confesó.

Él le acarició dulcemente un pezón.

–Por supuesto que puedes. Si se te trata con la atención debida –afirmó Monroe–. Antes hemos estado muy cerca… pero ahora nos lo vamos a tomar con calma y lo haremos bien.

Monroe se levantó y la levantó del sofá. Después, alcanzó dos de los grandes cocines y los puso en el suelo.

–Túmbate –ordenó.

Ella obedeció, sintiéndose terriblemente expuesta. Él se tumbó a su lado.

–No te preocupes. –Monroe la volvió a besar–. Este juego solo tiene dos normas: que no puedes pensar y que no puedes tocar. ¿De acuerdo?

–De acuerdo.

Le acarició todo el cuerpo poco a poco, aunque evitando sus zonas más erógenas. De vez en cuando, le lamía la parte inferior de los senos o le pasaba un dedo por detrás de las rodillas, provocándole un suspiro de placer. Fue un proceso lento y delicioso que aumentó inexorablemente la excitación de Jessie, hasta que llegó a un punto en que no deseaba otra cosa que tocarlo.

Entonces, él cerró los labios sobre uno de sus pezones y, a continuación, le estiró los brazos por encima de la cabeza.

–Hemos dicho que no me puedes tocar, ¿recuerdas?

–Por favor… Necesito sentirte.

Monroe no le hizo caso. Durante los momentos siguientes, se concentró exclusivamente en sus senos. Le lamía los pezones, los mordía con suavidad, los succionaba y volvía a empezar una y otra vez. Jessie se sorprendió acercándose al orgasmo y, cuando él bajo una mano y la introdujo entre sus piernas, supo que estaba al borde del precipicio.

–Yo…

–¿Sí? –dijo él, implacable en sus caricias.

–No pares, por favor…

–Déjate llevar, pelirroja.

Jessie se dejó llevar. A un orgasmo que estalló en ella con una intensidad sorprendente. Y, cuando aún sentía las ultimas oleadas, Monroe le separó las piernas y, antes de penetrarla, declaró:

–Aún no hemos terminado.

La acometida fue larga, suave y potente. Jessie se sintió atravesada, invadida. Pero, donde antes había dolor, ahora solo estaba la tajante e incontenible descarga del placer, que la dominó por completo.

–Mírame, pelirroja. Quiero verte mientras lo hacemos.

Su voz estaba tan cargada de deseo que Jessie obedeció y clavó la vista en sus ojos mientras se movía con él.

Esta vez no se detuvieron. Siguieron adelante hasta llegar juntos al clímax.

***

–¡Guau…!

Jessie le acarició la espalda a Monroe, que frunció el ceño de repente y se incorporó un poco.

–¿Qué ocurre? ¿Peso demasiado?

–Sí, pesas mucho. Pero me encanta –contestó, abrazándose a él.

Él sonrió y le apartó un mechón de la cara.

–Tienes una expresión algo petulante, pelirroja.

–¿En serio? –Jessie soltó una risita–. Bueno, será porque ha sido… no sé, increíble. Jamás había imaginado que podía ser tan…

–¿No intentarás convencerme de que ha sido tu primera vez? –la interrumpió.

–Por supuesto que no. ¿Por quién me tomas? –preguntó, indignada–. Soy una mujer de veintiséis años.

–Pero es la primera vez que llegas al orgasmo con una penetración, ¿verdad?

Ella asintió.

–En ese caso, nos aseguraremos de que no sea la última.

Monroe le dio una palmadita y se levantó de la cama.

–No te vayas.

–Vuelvo enseguida. Solo voy al cuarto de baño.

De repente, ella se puso pálida.

–Oh, no –dijo–. No hemos usado preservativo…

Monroe se detuvo, la miró y volvió a la cama. Había estado tan excitado que él tampoco se había dado cuenta.

–Tranquila, pelirroja. Te prometo que no tengo ninguna enfermedad… Aunque, ahora que lo pienso, es la primera vez que lo hago sin preservativo desde que tenía catorce años.

–Yo no lo había hecho nunca así –le confesó–. Pero no lo he dicho porque me asuste que tengas alguna enfermedad, sino por otra cosa. No estoy tomando la píldora, Monroe. Me podría quedar embarazada.

Monroe la miró en silencio durante unos segundos, que a Jessie se le hicieron eternos. ¿Qué estaría pensando? ¿Estaba enfadado con ella?

De repente, sacudió la cabeza, la tomó de la mano y la llevó a sofá, donde se sentaron juntos.

–¿Cuándo tienes la próxima regla? –le preguntó.

–Falta bastante… La tuve hace menos de una semana.

–Entonces, hay pocas posibilidades de que te quedes embarazada –dijo–. Pero no podemos hacerlo así. Es demasiado arriesgado. La próxima vez, tendremos que usar preservativo.

Ella se mordió el labio.

–¿No estás enfadado conmigo? Debería habértelo dicho antes de hacer el amor…

Él le acarició la mejilla.

–Y yo debería haberlo preguntado, pero no lo hice. Me temo que los dos somos culpables.

Monroe la tomó entre sus brazos, la sentó encima de sus piernas y le dio un beso. Jessie notó su erección y se frotó contra ella.

–No me tientes, pelirroja.

–¿Por qué no?

–Porque tendremos que dejar la próxima ronda para mañana –contestó él–. Hay que comprar preservativos, ¿recuerdas?

Monroe ardía en deseos de hacer el amor otra vez, pero no podían repetir la experiencia tan pronto. Había visto la expresión de los ojos de Jessie y sospechaba que creía estar enamorándose. A fin de cuentas, era tan joven como inocente. Sin embargo, él era mayor que ella y no tenía un gramo de inocencia en todo su cuerpo.

Jessie le gustaba mucho. Y estaba dispuesto a seguir adelante; sobre todo porque le podía dar algo que ella no había sentido nunca. Aquel orgasmo había sido el primero de muchos. Pero él no estaba buscando una relación amorosa.

–Será mejor que me vista –dijo ella–. Tengo que irme.

–No, tú no te vas a ninguna parte. Quiero que te quedes conmigo esta noche.

–Pero, ¿por qué? Has dicho que no lo volveremos a hacer hasta mañana.

Él la levantó del sofá y la abrazó.

–Pelirroja, tienes muchas cosas que aprender. Y yo te las puedo enseñar.

Monroe la tomó de la mano y la llevó al dormitorio. Jessie se quedó asombrada al ver que el enorme colchón estaba en el suelo, pero se quedó aún más asombrada cuando vio los cuadros que adornaban las paredes.

–Dios mío…

Eran imágenes intensas, fuertes, impactantes. Retratos de gente, algunos profundamente tristes y otros, enternecedores; magníficos paisajes llenos de vida y escenas urbanas tan bellas como terribles.

–¿Tan malos son? –preguntó él.

Ella lo miró a los ojos.

–¿Malos? Son increíbles, Monroe. Tienes muchísimo talento.

–¿Te gustan?

–Me encantan… Son maravillosos –dijo con sinceridad.

Jessie se acercó a un cuadro. Era la imagen de una mujer y una jovencita embarazada en una gasolinera, con ojos llenos de amargura.

–Es magnífico. –A Jessie se le humedecieron los ojos–. ¿Quién era ella?

Monroe se acercó y le secó la lágrima que le había empezado a descender por la mejilla.

–No llores, Jess. El chico que la dejó embarazada se quedó con ella, al igual que su madre. Las cosas les fueron bien.

–No lloro por ella, Monroe. Lloro de emoción… Tu obra es sencillamente exquisita.

Monroe la miró con sorpresa.

–¿Tanto te gusta? –preguntó, sintiéndose tan

orgulloso que casi no podía hablar–. No es más que un pasatiempo…

Jessie volvió a mirar los cuadros y, cuando se volvió nuevamente hacia él, sus ojos estaban llenos de asombro.

–No es un pasatiempo, Monroe –dijo con dulzura–. Es una pasión.

Capítulo Diez

–Tu hombre está fuera, querida.

Jessie se sobresaltó cuando la señora Bennett entró en el despacho. Pero fue un sobresalto de felicidad; uno al que se había acostumbrado durante los días anteriores.

–Ha llegado unos minutos antes de la hora –continuó su jefa–. Sin embargo, te puedes ir cuando quieras.

–Gracias, señora Bennett.

Monroe la estaba esperando en la calle, tan alto y guapo como de costumbre. Jessie lo vio a través del cristal del escaparate y pensó que era la mujer más feliz del mundo. Sus relaciones sexuales eran increíbles, al igual que la sencilla y maravillosa sensación de estar a su lado, de darse compañía, de amanecer todas las mañanas entre sus brazos.

Abrió la puerta y se abalanzó sobre él.

–¡Monroe!

–Ten cuidado, pelirroja. Esto que llevo es nuestra comida.

Ella le dio un beso en los labios.

–Estoy tan contenta que la comida me da igual.

–Anda, ven conmigo. He dejado la moto en la parte de atrás.

–¿Nos vamos a casa? –preguntó, esperanzada.

–De ninguna manera –respondió mientras caminaban–. Si nos vamos a casa, querrás que hagamos el amor en cuanto lleguemos.

–Oh, sí…

–¿Quién iba a imaginar que las inglesitas fuerais tan insaciables? –declaró con humor.

–¿Y quién iba a decir que los yanquis os acobardáis tan deprisa? –replicó ella.

–¿Que nos acobardamos? –Monroe se detuvo delante de la motocicleta–. ¿Me estás desafiando?

–Por supuesto que sí. Quiero ver si sabes estar a la altura.

Monroe la abrazó.

–Entonces, no tendré más remedio que aceptar el desafío. Tengo que defender el honor de mi país.

Jessie se apartó y sonrió de nuevo.

–No hace falta. Vuestro honor está a salvo.

–¿Eso significa que no tengo que devorarte ahora mismo? Sube. Nos vamos de picnic.

Las calles de Cranford estaban abarrotadas de turistas. Monroe tuvo que bajar la velocidad cuando pasaron por Main Street, para no atropellar a la gente que cruzaba la calle o caminaba por ella. En realidad, habría dado cualquier cosa por volver a la casa y hacer el amor, pero se había refrenado porque quería que aquella tarde fuera distinta. Le quería demostrar y quería demostrarse a sí mismo que podía estar con Jessie sin mantener relaciones sexuales.

De camino a la galería, se había detenido en el supermercado y había comprado algo de comer. Conocía un sitio precioso en Montauk Point que no estaría lleno de gente ni tan vacío como para que se le pudieran ocurrir ideas extrañas.

Al salir de Cranford, aumentó la velocidad y tomó la autopista, encantado de sentir los brazos de Jessie alrededor de la cintura. Minutos después, giró a la izquierda y tomó el camino estrecho que llevaba al cabo de Montauk, sobre el que se alzaba un alto y solitario faro. Al ver el paisaje, Jessie pensó que había elegido un sitio de lo más romántico.

Bajaron de la moto y empezaron a caminar por la playa, hasta que encontraron un lugar que les gustó. Entonces, ella se quitó la chaqueta y las sandalias, se sentó en la arena y alcanzó la bolsa con la comida.

—Espero que hayas traído algo más que bocadillos. Estoy hambrienta.

Monroe sonrió y extendió una manta en el suelo. Después, le quitó la bolsa y sacó una botella de vino, un abrecorchos, dos vasos de plástico, dos platos, cubiertos y servilletas.

—Vaya, has pensado en todo… Estoy impresionada.

Monroe estaba abriendo la botella de vino cuando Jessie se le acercó y le dio un beso. Él no la rechazó, pero rompió el contacto enseguida y la dejó desconcertada. ¿A qué venía ese cambio de actitud? Tras pensarlo, llegó a la conclusión de que no quería ir más lejos porque estaban en una playa pública pero, aun así, se quedó con la sospecha de que Monroe tenía otros motivos para mantener las distancias.

Jessie sacó las ensaladas que Monroe había comprado y, a continuación, se pusieron a comer. Momentos más tarde, ella rompió el silencio y dijo:

—Ali me ha llamado a la galería.

—¿Ah, sí? ¿Qué tal está?

—Agotada. Me ha dicho que casi no sale del ático.

—No me extraña, teniendo en cuenta que estamos en agosto. En Manhattan puede hacer un calor terrible.

Ella asintió.

—Me ha dicho que Emmy se lo está pasando en grande. Por lo visto, Linc la llevó ayer al zoológico del Bronx. Ali afirma que, cuando volvieron, estaba tan cansado que casi no se tenía en pie.

Monroe rio.

—Pobre hermano mío. Seguro que Emmy no dejó de hablar en todo el día... ¿Le has hablado sobre nosotros?

—No, aunque dudo que se llevara una sorpresa.

—¿Por qué?

—Porque me conoce muy bien.

—¿A qué te refieres?

—A que... en fin, cómo lo diría... me encapriché de Linc cuando se acababan de casar.

–¿Bromeas?

–Ojalá. Pero solo fue una tontería. Una estupidez de adolescente.

–¿Me estás diciendo que te enamoraste de mi hermano? –preguntó con brusquedad.

Jessie lo miró y sonrió para sus adentros. Monroe estaba celoso.

–No, en absoluto. Tardé en darme cuenta, pero no me encapriché de Linc, sino de lo que él representaba.

–¿Y qué representaba?

Ella suspiró y dejó su plato a un lado.

–Adoraba a Ali y era evidente que ella lo adoraba a él –contestó–. Luego, un mes después de la boda, mi hermana nos anunció que estaba esperando un bebé... Como te puedes imaginar, fue una alegría para todos.

–¿También para ti?

–En parte. Admito que estaba muerta de envidia.

–¿Porque se había quedado embarazada de Linc?

–No, porque tenía una vida perfecta –afirmó–. Estaba con un hombre maravilloso e iba a tener una hija. Sentía envidia porque quería lo mismo que ella. Me comporté como una niña estúpida y egoísta.

Él le acaricio el brazo.

–No seas tan dura contigo, pelirroja. Eras muy joven.

–No tan joven como para que me sirva de excusa. Y, a decir verdad, no lo superé hasta que me separé de Toby.

–Del canalla que no te podía llevar al orgasmo.

Jessie rompió a reír.

–Sí, el mismo.

–¿Cuánto tiempo estuviste con él?

Ella volvió a suspirar.

–Dos años. Dos años muy largos.

–Dos años sin orgasmos… No me extraña que se te hicieran interminables.

–Si hubiera sabido lo que me estaba perdiendo, lo habría abandonado en dos segundos –declaró con una sonrisa–. Pero, de todas formas, yo no estaba con Toby por sus habilidades como amante. Ni pensaba casarme con él por ese motivo.

–¿Te ibas a casar con él? ¿Por qué? –preguntó, atónito.

–Porque me lo pidió y me dijo que quería tener hijos y una familia. Exactamente lo que yo quería tener. Mi sueño.

–¿Y sigue siendo tu sueño?

Jessie frunció el ceño al darse cuenta de que Monroe la miraba con horror.

–Sí, bueno… pero no quiero ser madre ahora mismo.

Él guardó silencio.

–No me mires con tanta preocupación, Monroe –continuó ella–. Te aseguro que no estoy pensando en contraer matrimonio. Aprendí la lección de Toby. Si alguna vez me caso, será con la persona adecuada y en el momento adecuado.

Monroe asintió y alzó su vaso.

–¿Puedo proponer un brindis?

–Por supuesto.

–En ese caso, brindo por los sueños. Y porque no se interpongan en el camino del sexo –añadió con humor.

Ella sonrió.

–No podría estar más de acuerdo.

Monroe se llevo el vaso a los labios y bebió un poco, pero le supo amargo. ¿Por qué le incomodaba la idea de no poder ser el hombre de sus sueños? ¿Por qué le resultaba tan deprimente? No encontró una respuesta, pero sabía que él no era el hombre que Jessie estaba buscando. No sabía nada de sueños. Solo conocía la dura realidad.

Capítulo Once

–Date la vuelta, por favor. Tengo ganas de ponerte crema bronceadora en la espalda desde que llegamos.

Jessie sonrió, se quitó las gafas de sol y se sentó. Ya no estaban en el cabo de Montauk, sino en la playa que se encontraba junto a la propiedad de Linc y Ali.

–Llegas demasiado tarde. Me impregné entera cuando llegamos.

–¿Y qué importa eso? Te puedo poner un poco más...

Ella soltó una risita.

–Está bien, me has convencido.

Jessie abrió el bolso, sacó el tubo de crema y se lo lanzó antes de tumbarse otra vez en la toalla. No se oía nada salvo el oleaje del Atlántico y las pisadas de algún vecino que había salido a correr.

Era el último día antes de que Ali, Linc y Emmy volvieran de Nueva York. Jessie tenía muchas ganas de ver a su familia, pero lamentaba que su intimidad con Monroe fuera a durar tan poco. Habían sido dos semanas verdaderamente románticas. Todas las tardes, cuando ella salía de trabajar, se subían en la moto y salían a descubrir lugares nuevos.

Luego cenaban y volvían a la casa para hace el amor.

Naturalmente, Jessie no perdía la oportunidad de referirse a su obra pictórica. Insistía en sus halagos y lo animaba a continuar con la pintura. Incluso le había propuesto que hablara con la señora Bennett y le enseñara los cuadros que tenía en el dormitorio. Pero él le daba largas y cambiaba de tema, como si no quisiera hablar de nada demasiado personal.

De repente, sintió sus manos en la espalda y se estiró como una gata contenta.

–Vaya, esta crema es tan densa como la pintura –dijo él.

–Es un factor cuarenta y cinco. Si me pongo uno más bajo, me salen pecas.

–Pues a mí me encantan las pecas.

Monroe le masajeó los hombros y empezó a descender.

–¿Te gusta? –le preguntó.

–Desde luego que sí. Aunque es completamente innecesario.

–Si tú lo dices…

Él le desabrochó el sostén del biquini.

–¿Qué crees que estás haciendo?

–No me digas que tienes miedo de quedarte sin el sostén. Pensaba que las europeas erais más avanzadas…

–Y lo somos, pero te recuerdo que estamos en los Estados Unidos –replicó–. Puede que a los vecinos de aquí no les haga gracia.

Él se encogió de hombros.

—Bueno, tenía que intentarlo… —se excusó.

Jessie se incorporó, se cerró el sostén de nuevo y alcanzó el tubo de crema.

—Ahora me toca a mí.

Monroe se tumbó boca abajo.

—¿Sabes una cosa? Siempre he soñado con estar con una mujer que me pusiera crema —dijo con picardía—. Aunque, en mis sueños, era una mujer algo más… europea que tú.

Ella soltó una carcajada, le puso un montón de crema y se la empezó a extender por la firme y suave superficie de la espalda, arrancándole un gemido.

—Lo haces muy bien. Pero no olvides que estamos en una playa púbica, pelirroja.

Súbitamente, Jessie se detuvo y miró las cicatrices que tenía junto al omóplato. A la luz del sol, parecían más pálidas y grandes que nunca.

—¿Esto te lo hicieron cuando estabas en la cárcel?

Él se puso tenso. Su paso por prisión era un asunto del que no hablaba nunca.

—No —contestó.

Jessie dejó de acariciarlo.

—Lo siento, Monroe. Supongo que no debería haberlo preguntado… No quiero despertar malos recuerdos.

Él se dio la vuelta y la tomó de la mano.

—No te preocupes. Es lógico que preguntes, que sientas curiosidad.

–De todas formas, lo lamento mucho –dijo con tristeza.

Monroe se preguntó por qué se negaba a hablar de asuntos tan personales. ¿Era porque no quería que Jessie se hiciera ilusiones con su relación? ¿O porque él tenía miedo? Miedo de que, cuando conociera los detalles más sórdidos de su vida, dejara de mirarlo con la misma adoración, con tanto afecto.

En cualquier caso, llevaba quince días con ella y habían compartido muchas cosas. ¿No había llegado el momento de darle algo a cambio?

–No, no me las hice en la cárcel –declaró al fin–. Mi madre nos pegaba con un cinturón cuando éramos pequeños.

Ella parpadeó, asombrada.

–Qué horror…

Él se encogió de hombros.

–Ha pasado mucho tiempo. Ya no importa.

–Por supuesto que importa. Tu madre te azotaba… –dijo con vehemencia.

–Nos odiaba. Y tenía sus razones.

–¿Qué razones podía tener para torturar a un niño?

Monroe suspiró.

–¿Seguro que quieres que te lo cuente? Es agua pasada…

–Sí, quiero que me lo cuentes. Pero solo si te apetece hablar.

Nunca se había sentido en la necesidad de contarle eso a nadie. Pero se dijo que era lo menos que podía hacer por Jessie. Si no podía darle un futuro, le daría un poco de su pasado.

—La noche antes de que mi madre hiciera que me arrestaran, me dijo por qué nos odiaba a Linc y a mí.

—¿Hizo que te arrestaran?

—Sí. Por corrupción de menores, nada menos. Me acusaron de ser un pederasta porque me acosté con una chica de quince años... Desgraciadamente, no le pedí el documento nacional de identidad antes de acostarnos. Estaba tan excitada como yo y no nos paramos a pensar en esas cosas.

Monroe alcanzó una piedra que estaba junto a sus pies y la lanzó lejos.

—¿Y cómo lo supo tu madre?

—Se lo contó uno de sus amigos del club de campo, que me vio con ella. Cuando llegué a casa aquella noche, se había tomado las pastillas que tomaba a puñados y estaba fuera de sí. Intentó pegarme con el cinturón, pero apenas se tenía en pie... Fue la primera vez en mi vida que la vi llorar. Gritaba que yo era un canalla. Que había salido a mi padre.

—¿A tu padre?

Él asintió.

—Me aseguró que la había violado varias veces, que estaba empeñado en tener hijos y que, a pesar de que ella había sufrido varios abortos, la violó constantemente hasta que se quedó embarazada de nosotros.

—Dios mío...

–Mi padre tenía casi sesenta años cuando la conoció. Ella tenía diecisiete y acababa de llegar de Londres, en busca del sueño americano –dijo con tristeza–. Él era de una de las familias más ricas de Newport, y supongo que su dinero llamó la atención de mi madre.

–¿Cómo era él? –se interesó.

–No lo conocí muy bien. Falleció cuando yo era un niño y, además, no nos veíamos con frecuencia. Todos los veranos mi madre nos enviaba a Londres a pasar unos meses con mi abuela. Cuando volvíamos a los Estados Unidos, vivíamos en la casa de Rhode Island, pero él tenía otras propiedades y no pasaba mucho por allí. Murió de infarto, mientras se acostaba con una chica en Las Vegas.

Monroe tomó un puñado de arena y la soltó lentamente.

–Nunca se interesó por nosotros. Para él, solo éramos una forma de asegurar la continuidad de su apellido. Pero ni Linc ni yo entendíamos que nuestra propia madre nos odiara… Al final, yo terminé por aceptarlo –le confesó–. Sin embargo, para Linc fue mucho más duro. Intentaba resistirse a sus palizas y eso empeoraba las cosas. Supongo que su beligerancia la sacaba de quicio porque le recordaba a mi padre.

–¿También pegaba a Linc?

–¿Es que no lo sabías?

–No. Ni él ni mi hermana me han dicho nada… –respondió–. Pero, ¿Linc sabe por qué os odiaba tanto? ¿Se lo llegaste a contar?

–No tuve la oportunidad. Él se marchó cuando tenía doce años. Mi abuela acababa de morir, y supongo que no soportó la idea de seguir viviendo con mi madre.

–¿Insinúas que no habías visto a Linc desde entonces?

Monroe se encogió de hombros otra vez.

–En efecto.

Jessie empezó a comprender lo que sucedía. Linc y Monroe no se habían visto desde hacía veinte años, tras haber sufrido una infancia espantosa. Estaban haciendo lo posible por recuperar su antigua relación; y ella, que no sabía nada, había estado a punto de estropearlo.

–Siento haberme comportado tan mal cuando llegaste… –se disculpó.

Él le acarició la mejilla y sonrió.

–Por lo que a mí respecta, no tienes que disculparte por nada. Me pareciste una mujer maravillosa y me lo sigues pareciendo, pelirroja.

Ella se ruborizó.

–¿Me hablarás alguna vez de la cárcel?

Monroe volvió a suspirar. Ya que había empezado a sincerarse, no encontró ningún motivo para detenerse ahora.

–En realidad, solo estuve seis meses. Me porté bien y no llamé demasiado la atención. Fue más aburrido que otra cosa.

–¿Solo seis meses? Tenía entendido que habías estado más tiempo…

–Porque, desgraciadamente, estuve una segunda vez –le confesó–. Cuando me soltaron, me salté la libertad condicional y me busqué malas compañías. Un año después, un hombre me atacó en un bar con una botella rota y yo me defendí. Luego, la gente se empezó a pegar por todo el local y un tipo salió mal parado. Yo no tuve nada que ver, pero no era de la ciudad y, además, tenía antecedentes, así que me detuvieron a mí.

–Oh, no…

Monroe se preguntó si debía decirle la verdad; si debía contarle lo que había sufrido la primera noche. Entonces, la miró a los ojos, vio su expresión compasiva y pensó que Jessie sabría comprender sin juzgarlo.

–Me llevaron a una de las peores cárceles del Estado de Nueva York. Y yo era un chico de diecisiete años con una cara bonita. Te puedes imaginar lo que pasó… Dos de los presos me acorralaron en las duchas. Me intenté resistir, pero no sirvió de nada. Eran mucho más fuertes que yo.

Jessie estaba tan angustiada que derramó una lágrima. Ni siquiera sabía cómo había sido capaz de superar esa experiencia.

–Pero sobreviviste, Monroe; es lo único que importa –dijo, desgarrada por la humillación que veía en sus ojos–. No fue culpa tuya. No sientas vergüenza de lo que pasó.

–¿Lo dices en serio? Ahora que lo sabes… ¿no me consideras menos hombre? –preguntó con inseguridad.

Ella sonrió entre lágrimas.

–Si fueras más hombre de lo que eres, no sé si podría soportarlo –respondió con humor–. Pero, ¿qué pasó después?

–Nada. No me volvieron a molestar –dijo–. Me metí en un par de peleas, pero eso fue todo.

Monroe cerró los brazos alrededor de su cuerpo y la tumbó sobre su regazo. Tal como imaginaba, Jessie no lo había juzgado por lo sucedido. Se había limitado a ofrecerle su afecto. Y, cuando la volvió a mirar, pensó que la iba a echar mucho de menos.

Mientras volvían a la casa, Jessie se puso a pensar en todo lo que le había dicho. Le habían pasado cosas horribles, pero no echaba la culpa a nadie salvo a sí mismo.

Ahora entendía por qué se negaba a hacer carrera en el mundo de la pintura. Tenía un talento increíble, pero también una gran inseguridad. Y, precisamente por eso, consideró la posibilidad de no decirle lo que pensaba decirle aquella noche: que se había enamorado de él. Quizá fuera mejor que no lo presionara. Le había contado cosas que, con toda seguridad, no sabía nadie más. Le había abierto su corazón.

Mientras subían por las escaleras, ella le apretó la mano.

–¿Te encuentras bien? –preguntó él, frunciendo el ceño.

–Sí, muy bien… Tengo ganas de volver a ver a

Ali, Linc y Emmy, pero voy a echar de menos nuestra soledad.

Él abrió la puerta y entró con ella.

–Sí, yo también –declaró–. Pero estaba pensando que es mejor que no les digas nada de lo que ha pasado entre nosotros. Al menos, de momento.

–¿Por qué no?

Monroe dejó las toallas a un lado y se dirigió a la cocina para servirse un vaso de agua.

–¿Quieres uno?

Ella sacudió la cabeza y preguntó:

–¿Por qué no quieres que diga nada?

Él se bebió el vaso de agua y se acercó a ella. Después, le puso las manos en las mejillas y le dio un beso en los labios.

–Mantengámoslo en secreto durante una temporada. Prefiero que se quede entre nosotros. No quiero compartirlo con nadie, pelirroja…

–Pero, ¿cómo lo vamos a mantener en secreto? Estamos durmiendo juntos –le recordó.

–Bueno, puedes venir por la noche, cuando se hayan acostado.

–No sé, no me sentiría cómoda…

Él le acarició la cara.

–Jess… Linc me dijo que me mantuviera alejado de ti. Bueno, más o menos.

–¿Cómo? No me lo puedo creer –dijo, sorprendida–. ¿Cuándo?

–La mañana después de la barbacoa. Supongo que se dio cuenta de que me interesabas. Solo te intentaba proteger.

–¡Es indignante! –bramó–. No es asunto suyo.

–Por supuesto que lo es. Recuerda que es tu cuñado.

–Mi cuñado, no mi niñera –puntualizó.

Monroe rio y ella se enfadó un poco más.

–Además, supongo que Linc estará enfadado conmigo por lo que pasó cuando me dio el regalo.

–Seguro que no lo está. Tu hermano es un hombre comprensivo.

–Un hombre comprensivo que se siente en la necesidad de protegerte –insistió–. Sinceramente, prefiero que no le digas nada todavía.

Ella lo pensó un momento. Por una parte, le disgustaba la idea de no decirles la verdad a su hermana y su cuñado; por otra, era evidente que Monroe estaba preocupado por su relación con Linc, y que tenía miedo de que aquello los separara un poco más.

–Está bien, guardaré el secreto. Pero solo durante unos días.

–Gracias, pelirroja.

Monroe la abrazó para que Jessie no viera la tristeza que había en sus ojos. Le había prometido que guardaría el secreto durante unos días, como creyendo que tenían mucho más tiempo por delante. Y no era verdad.

Capítulo Doce

–¿Qué habéis hecho mientras estábamos en Nueva York?

Jessie, que estaba guardando la ropa de Ali en la cómoda, se detuvo en seco.

–Lo siento, no te he oído bien. ¿Qué has dicho?

–Te has puesto tan colorada que han debido de pasar muchas cosas –dijo su hermana.

Jessie guardó silencio.

–No te sientas mortificada –continuó Ali–. Es evidente que os gustáis. No me extraña que os hayáis acostado.

–Ya, pero es algo más que sexo.

Ali la miró con sorpresa.

–Oh, Dios mío. Te has enamorado de él.

–Sí, eso me temo.

–¿Y Monroe siente lo mismo por ti?

Jessie cerró la cómoda.

–No lo sé. Aún no lo hemos hablado. No lo quiero presionar.

–Pero tienes derecho a saber lo que siente.

–Bueno, sé que se preocupa por mí –dijo con tristeza.

–Entonces, ¿qué pasa? No pareces muy contenta…

–Es que… –Jessie se detuvo un momento, sintiéndose terriblemente culpable–. Le había prometido a Monroe que no os diría nada.

–¿Por qué?

–Porque Linc le pidió que se mantuviera alejado de mí.

–Eso es ridículo –afirmó Ali, tajante–. Conozco a Linc y sé que nunca le diría eso.

Jessie se quedó confundida.

–Yo pensé lo mismo cuando me lo dijo, pero… Bueno, es posible que Monroe interpretara mal sus palabras.

–Solo hay una forma de averiguarlo. Se lo preguntaré a Linc.

Ali intentó dirigirse a la puerta del dormitorio, pero Jessie la detuvo.

–No, por favor, no le digas nada. No quiero que Linc lo sepa.

–Jessie, me parece increíble que Monroe te pidiera que guardes el secreto. Tú no sirves para esas cosas. He adivinado lo sucedido en diez segundos.

–Sí, pero Linc no es tan perceptivo como tú. Si no le dices nada, no lo adivinará.

–Eso es cierto. Además, está preocupado por lo que pasó en la fiesta de Emmy. Le dije que llamara a Monroe y que hablara con él, pero ya sabes cómo es. No le gusta hablar de sus sentimientos.

–Su hermano es igual. Pero las cosas están algo extrañas entre ellos. Han estado muchos años sin verse y tienen muchas cosas que hablar. Sinceramente, creo que es mejor que Linc no sepa nada

114

todavía. Tengo miedo de que enturbie un poco más su relación.

–Pero estás enamorada de Monroe…

–Aun así, no les quiero complicar las cosas. No se lo quiero poner más difícil.

Ali se sentó en la cama.

–¿Te ha hablado de su familia?

–Sí, de su madre. Y también me ha dicho lo que le pasó en prisión –respondió–. Ha sufrido experiencias terribles.

Ali dio una palmadita en la cama.

–Siéntate conmigo, Jess.

Jess se sentó.

–Está bien. No le diré nada a Linc. Pero creo que cometéis un error.

–¿Por qué? Como ya te he dicho, yo…

–Sé que lo haces por buenas razones –la interrumpió–. Y también sé que ardías en deseos de encontrar al hombre adecuado para ti. Sin embargo, Monroe es complicado. No es una persona fácil de amar.

–Lo sé, pero me necesita. Y creo que merece la pena… Es muy especial. Atento, cariñoso, inteligente. Y tiene un talento increíble, ¿sabes? Pinta cuadros. Óleos, sobre todo –le contó–. Deberías ver su obra. Sé que te gustaría mucho. Pero, desgraciadamente, es bastante tímido al respecto.

Ali le pasó un brazo alrededor de la cintura.

–Me alegra que lo quieras tanto. Y también me alegro por él. Es muy afortunado –dijo–. Sin embargo, tienes que ser consciente de lo que implica no decirle nada a Linc, solo porque Monroe te lo ha pedido. Estás poniendo sus necesidades por encima de las tuyas.

–Lo sé, pero creo que es lo mejor.

–Está bien, como quieras. Aunque no lo podrás guardar en secreto eternamente. Tus necesidades son tan importantes como las suyas. Recuérdalo.

–¿Quieres que te eche una mano?

Monroe vio que su hermano caminaba hacia él y se secó el sudor de la frente. Estaba cortando el césped del jardín.

–No, ya he terminado. Estaba a punto de llevar la hierba cortada al garaje. El camión de la basura pasa mañana.

Linc se inclinó y alcanzó uno de los sacos de hierba.

–Deja que lleve uno –dijo.

Monroe se encargó de otro y se dirigieron al garaje en silencio.

–¿Por qué no has venido a comer? Ali te estaba esperando.

–Porque no he podido. Estaba cortando el césped.

–Eso es una tontería. Nadie te ha pedido que cortes nada.

–¿Cuántas veces quieres que te diga que no soy un…?

–Está bien, olvídalo –lo interrumpió–. No quiero discutir por algo así.

–Pues no saques el tema de conversación.

Linc suspiró y se pasó una mano por el pelo.

–Maldita sea, Roe, ¿por qué no lo dices de una vez?

–¿Qué quieres que diga?

–Que metí la pata. Que no debí hacerte ese regalo –respondió–. Era demasiado pronto. No estabas preparado para eso.

–No metiste la pata, Linc.

–Claro que sí. Mira, sé que no nos hemos visto en mucho tiempo… pero seguimos siendo hermanos y te conozco un poco. Sé que me excedí.

Monroe sacudió la cabeza.

–¿Sabes una cosa? Me acuerdo de los regalos que me hacías por mis cumpleaños. Eran tarjetas que pintabas tú mismo. Las más feas que he visto en mi vida.

Linc se encogió de hombros.

–Nunca fui un gran artista…

–También me acuerdo de la que me diste cuando cumplí diez años, la última que me regalaste. Y me acuerdo de cómo me sentía antes de que te fueras y cómo me sentí después.

Linc suspiró.

–Maldita sea, no tenía intención de recordarte esas cosas, Roe.

–No seas tonto. Es mejor así… Son cosas que siempre estuvieron entre nosotros –declaró con brusquedad–. Pero ya no significan nada. Y, por cierto, me gustó mucho el macuto que me regalaste. Es el mejor regalo que me han hecho nunca.

Linc le puso una mano en el hombro.

–¿Mejor que aquella tarjeta que te pinté? ¿La de aquel superhéroe?

Monroe sonrió.

–¿La de Silver Surfer? No, no tan bueno. Pero casi.

El consejo de Ali aún resonaba en los oídos de Jessie cuando cruzó el jardín con cautela para que no la oyera nadie. Casi era medianoche. La hierba estaba fría bajo sus pies desnudos, y tuvo que serpentear entre los mirtos, llenos de flores en esa época del año.

Se lo iba a decir. Ali tenía razón. Monroe debía saber lo que sentía. Al fin y al cabo, su amor no era una carga, sino un regalo. Monroe podía aceptarlo, rechazarlo o dejarlo a un lado temporalmente, hasta decidirse al respecto. Pero, pasara lo que pasara, necesitaba que lo supiera.

Clavó la mirada en una de las ventanas del apartamento, que tenía las luces encendidas, y vio que Monroe la estaba observando desde el otro lado del cristal. El corazón se le aceleró al instante. Su amante la estaba esperando, así que agitó la mano a modo de saludo, se agarró el dobladillo de la falda y corrió a su encuentro.

No sabía que Monroe ya había tomado una decisión. Jessie le gustaba cada vez más. Estaba desesperado por abrazarla, por besarla, por tocarla. Se sentía como si lo hubieran hechizado. Pero también estaba convencido de que no era el hombre adecuado para ella. Y si no le podía dar lo que necesitaba, sería mejor que echara el freno y se empezara a distanciar.

Jessie subió las escaleras a toda prisa y se abrazó a él.

–No me mires con tanta preocupación –le dijo–. Estoy segura de que no me ha oído nadie.

Monroe dudó un segundo y, a continuación, le devolvió el abrazo con cariño.

–Te he echado de menos…

–Y yo a ti.

Él no perdió el tiempo. Le bajó los tirantes del vestido y los del sostén.

–No puedo esperar –dijo–. Espero que no te importe.

–Claro que no… Yo tampoco puedo.

La llevó al dormitorio, donde se desnudaron. Ninguno de los dos estaba para juegos previos y, tras besarse durante unos momentos, Monroe se puso un preservativo y la penetró.

Jessie soltó un gemido al sentirlo dentro. Él le llevó las manos a las rodillas y le echó las piernas hacia atrás, para que se abriera más. El placer aumentó inexorablemente mientras se movían con un ritmo marcado por los gemidos de Jessie, que no tardó en llegar al clímax. Pero Monroe no se detuvo. Siguió adelante con sus furiosas acometidas, clavando la mirada en sus ojos.

–Oh, Monroe…

Jessie soltó un grito de incredulidad cuando llegó al segundo orgasmo. El placer fue tan intenso que casi le resultó doloroso. Después, él estalló en su interior y se quedó abrazado a ella, acariciados ambos por la brisa que entraba por la ventana.

Al cabo de un rato, ella se apoyó en un codo y admiró su cara. Se sentía profundamente satisfecha.

—Supongo que ya lo sabes —dijo—, pero estoy enamorada de ti.

Él se puso tenso y le dedicó una mirada triste. Solo duró un segundo, porque enseguida recuperó su sonrisa habitual; pero fue suficiente para que Jessie sintiera un escalofrío.

—¿Ah, sí? —preguntó con voz seductora.

—Sí —contestó, decidida a no echarse atrás.

Monroe le acarició la espalda y ella se estremeció.

—¿Tienes frío?

—No. Estoy bien.

Él alcanzó la sábana y la tapó con ella.

—¿Mejor?

—Sí, gracias.

Jessie siguió esperando. Aún no le había dado una respuesta. Así que guardó silencio y se dedicó a escuchar el vago rumor del oleaje y el susurro de la respiración de Monroe, que la había abrazado otra vez.

Por fin, apartó la cara de su pecho, donde la había apoyado, y lo miró en la oscuridad. Se había quedado dormido.

Alzó un brazo y le acarició la mejilla, intentando no sentirse mal. El hecho de que Monroe no se hubiera declarado no significaba necesariamente que no estuviera enamorado de ella. Pero fracasó en el intento.

Su felicidad anterior había desaparecido. Se sentía insegura, confusa, rechazada y, peor aún, estúpida. Como tantas veces a lo largo de su vida, había bajado la guardia y había dado el primer paso hacia un objetivo que, lamentablemente, no parecía ser lo que había soñado.

Capítulo Trece

—¡Maldita sea!

La voz de Monroe rompió el silencio de la estancia, bañada por la suave luz de la tarde. Llevaba tres horas con el mismo cuadro, intentando pintar un retrato de Jessie; pero, por primera vez en su vida de pintor, no lograba lo que quería.

Se maldijo de nuevo, dejó el pincel a un lado y se apoyó en la mesa. Estaba muy tenso. Casi no había dormido en toda la noche.

Se estaba limpiando las manos cuando se dijo que ya no se podía engañar más a sí mismo. Le había confesado que estaba enamorada de él, y él no había dicho nada. Había cerrado los ojos y se había fingido dormido porque no se sentía capaz de hablar con ella. Le había hecho daño. Y, por la mañana, Jessie le pareció tan frágil que ni siquiera se atrevió a tocarla.

Intentó convencerse de que había hecho bien. Quizás ahora Jessie se daría por aludida y entendería que su relación no tenía futuro. Sin embargo, no dejaba de pensar en lo sucedido durante la noche. Quería arreglar las cosas, aunque no sabía cómo. Y la echaba terriblemente de menos.

¿Se habría enamorado también?

No lo sabía. Solo sabía que necesitaba verla, que necesitaba hablar con ella y que no podía esperar hasta la noche. Iría a buscarla, hablaría con ella y, tal vez, harían el amor. No le podía decir que la amaba. No creía que la suya pudiera ser una relación seria, pero podían disfrutar un poco más.

Ali dejó la paleta en el suelo y se sentó en el césped. Le dolía todo el cuerpo. Ni siquiera sabía por qué se había puesto a arrancar las malas hierbas del jardín. Desde luego, no era lo más adecuado para una embarazada de ocho meses. Y ahora, tampoco sabía cómo se las iba a arreglar para levantarse.

Justo entonces, apareció Monroe.

—Gracias a Dios… —dijo Ali.

Monroe se asustó al verla en el suelo y corrió hacia ella.

—¿Qué estás haciendo?

—¿Tú qué crees? —replicó con humor—. Estaba cavando un agujero para llegar a China.

Él sacudió la cabeza y la ayudó a levantarse.

—¿Cómo es posible que Linc haya permitido que salgas a trabajar en el jardín?

—Deja de preguntar tonterías, Monroe.

—Ah, comprendo… Linc no sabe nada de tu intento de llegar a China —bromeó.

Ali lo miró con cara de pocos amigos, pero no dijo nada.

—¿Puedes caminar?

–Por supuesto que puedo. No soy una inválida. De hecho, ya me puedes soltar.

Monroe no le hizo caso. Le pasó un brazo alrededor de la espalda, la llevó al interior de la casa y preguntó:

–¿Dónde está tu dormitorio?

–No pensarás llevarme al piso de arriba... Soy perfectamente capaz de... ¡Ay!

Ali se detuvo y se aferró a él. Había cerrado los ojos y apretaba los dientes.

–¡Es una contracción! –dijo él, asustado.

–Sí, eso parece...

Esperaron un poco y, cuando Ali se sintió mejor, Monroe la ayudó a subir las escaleras y la llevó a la cama del primer dormitorio que encontró, una de las habitaciones de invitados.

–No te vayas –le rogó ella.

–Descuida. No me voy a ninguna parte. Pero será mejor que llame por teléfono a Linc y, por supuesto, a tu médico.

Ali asintió.

–Hay un teléfono en el dormitorio contiguo.

Monroe salió a toda prisa, localizó el teléfono y llamó a su hermano. Tras hablar con el médico y conseguir que enviara una ambulancia a la casa, Monroe regresó al dormitorio donde estaba Ali.

–¿Cómo va la cosa?

Ella sacudió la cabeza, con lágrimas en los ojos.

–Estoy muy asustada. Nunca me había dolido tanto.

Él la acarició.

–Lo estás haciendo muy bien. La ambulancia llegará en cualquier momento –le aseguro–. Aguanta, Ali. Y grita todo lo que quieras.

Ali asintió.

–Oh, vaya… Otra contracción…

Ali gritó de nuevo, y su grito se mezcló con el sonido de la puerta de la casa, que alguien acababa de cerrar de golpe.

Tres segundos después, Linc entró en el dormitorio.

–¿Estás bien, cariño? Ali… dime algo…

Jessie entró un momento después y se emocionó al contemplar la escena. Ali estaba tumbada en la cama, abrazada a Monroe, que le acariciaba la espalda con suavidad.

–No te preocupes. Linc ya está aquí. Se va a hacer cargo de todo…

Ali asintió y Monroe se levantó para dejarla en manos de su esposo.

–Acabamos de adelantar a la ambulancia en la carretera –declaró Linc–. Llegarán en cuestión de segundos.

Monroe se acercó a Jessie.

–Bueno, te veré más tarde –dijo–. Cuida de ella, pelirroja.

Monroe salió al pasillo y mantuvo la puerta abierta para que los enfermeros pudieran entrar con facilidad. Después, se dirigió a la escalera y desapareció.

Capítulo Catorce

Con su sobrino en brazos, Jessie se acercó a la ventana del dormitorio principal y miró hacia el apartamento del garaje. Habían pasado casi tres semanas desde el repentino nacimiento de Ethan Monroe Latimer, y Jessie se sentía como si estuviera en mitad de un huracán emocional, azotada por vientos que soplaban en todas las direcciones.

–¿Ya se ha dormido? –preguntó Eli desde la cama.

Jessie se dio la vuelta.

–Sí.

–Entonces, acuéstalo en la cuna. Dormirá unas cuantas horas…

Ali bostezó, se estiró y se sentó. Jessie llevó a su sobrino a la cuna y, después de acostarlo, le dio un beso en la frente.

–Es precioso –dijo–. No sé cómo te resistes a la tentación de tenerlo constantemente entre sus brazos.

–¿Cómo te va con Monroe?

Jessie no supo qué decir.

–Casi no lo hemos visto desde que di a luz –continuó–. ¿Ocurre algo?

Jessie asintió lentamente.

–Eso me temo.

–¿Es que os habéis peleado?

–No, aunque se podría decir que, en cierto modo, ese es el problema. Sé que le pasa algo, pero no me lo dice –respondió–. Tengo la sensación de que se trata de algún asunto relacionado con el bebé.

–¿Con el bebé? ¿A qué te refieres?

Jessie frunció el ceño.

–Ni yo misma lo sé. Pero, desde el parto, Monroe está… triste, como recluido en sí mismo. Y busca excusas para no venir a la casa y ver al bebé.

–Nos hemos dado cuenta. De hecho, Linc está dolido –le confesó–. Creía que su relación con Monroe estaba mejorando, pero ahora mantiene las distancias y ni siquiera juega con Emmy… ayer le dio una llorera porque al parecer no quiso que lo ayudara a poner a punto los coches.

Jessie se mordió el labio.

–Creo que se va a ir, Ali. Creo que solo está esperando.

Ali se levantó y la abrazó.

–Oh, Jessie…

Jessie cerró los ojos con fuerza, para no llorar.

–Hacíamos el amor todas las noches, ¿sabes? Es un hombre tan tierno, tan cariñoso… Le he dicho una y otra vez que estoy enamorada de él, pero se limita a guardar silencio y, cada vez que se lo digo, se aleja un poco más de mí.

–Bueno, no es culpa tuya. Tú has sido sincera con él. Le has dicho lo que sientes.

–Creo que me necesita y que no lo quiere asumir.

Ali le acarició el pelo.

–Dudo que sea tan fácil como eso.

–Puede que no, pero, sea cual sea el problema, se niega a decírmelo.

–¿Sabes lo que le recomendé yo a Linc? Le dije que le diera un poco de espacio.

Jessie frunció el ceño.

–¿Qué quieres decir?

–Para empezar, que no vayas a verlo todas las noches –respondió–. Creo que estás en lo cierto al pensar que necesita, pero tiene que hacerse a la idea antes de reconocerlo delante de ti. Y si lo sigues viendo todas las noches como si no pasara nada, no se sentirá obligado a enfrentarse a sus propios sentimientos.

Jessie se alejó de Ali y se acercó otra vez a la ventana del dormitorio.

–Sí, supongo que tienes razón. Pero nuestras relaciones sexuales son tan increíbles… Jamás habría imaginado que el sexo pudiera ser tan satisfactorio. Si sigo tu consejo, lo voy a echar mucho de menos.

–Te comprendo perfectamente, Jess. Sobre todo si Monroe se parece a su hermano –dijo con picardía–. Linc y yo no hemos podido hacer el amor desde hace un mes, y lo extraño tanto que, cada vez que lo veo, deseo arrancarle la ropa. Pero será mejor que te contengas y que guardes las distancias con él.

–Sigo sin entender por qué no puedes venir esta noche –dijo Monroe con frustración.

–Ya te lo he dicho. Les prometí a Linc y a mi hermana que me quedaría a cargo del bebé para que puedan tener un poco de intimidad. Ya han pasado varias semanas desde que nació y… bueno, quieren retomar sus relaciones.

–Y como mi hermano se quiere acostar con su esposa, yo me tengo que quedar sin acostarme contigo –protestó.

Jessie no dijo nada. Se limitó a darse la vuelta para salir.

–¿Adónde vas? –preguntó él, sorprendido.

–A buscar a Emmy. La voy a llevar a la playa.

Monroe no se dio por vencido. Caminó hacia ella y, a continuación, le llevó las manos a los senos y le acarició los pezones. Los ojos de Jessie brillaron con deseo.

–¿No te puedes quedar un poco más? Si no vas a venir esta noche…

Él se inclinó y le dio un beso en el cuello, pero ella lo apartó.

–Basta –bramó–. He dicho que me tengo que ir.

Monroe frunció el ceño.

–¿Qué está pasando aquí?

–Nada, no está pasando nada –contestó–. Pero no voy a llegar tarde solo porque a ti te apetece un revolcón.

–No te creo, pelirroja. ¿Qué ocurre?

Ella parpadeó y lo miró con intensidad.

–Dímelo tú, Monroe. ¿A qué viene todo esto?

–¿Todo esto? No te entiendo…

–¿Seguro que no? Bueno, entonces te lo diré yo. Creo que estás usando el sexo como sustituto de la comunicación.

–¿Qué has dicho?

–Lo que has oído. Y, hasta que seas capaz de hablar conmigo como se debe, estaré tan ocupada que no tendré tiempo de hacer el amor.

Jessie abrió la puerta del apartamento, pero él la alcanzó y la agarró del brazo.

–¿Qué demonios es esto? ¿Algún tipo de juego?

Ella se liberó.

–No es ningún juego.

–Sé que tú me deseas tanto como yo a ti…

–Sí, es cierto, te deseo. Pero hay una cosa que deseo más: saber lo que pasa dentro de tu cabeza –declaró–. Y mientras no sepas hablar de ello, el sexo no será suficiente. Por muy bueno que sea.

Jessie se fue dando un portazo y Monroe se quedó donde estaba, sorprendido. Deseaba seguirla y hablar con ella, confesarle que también se había enamorado. Pero tenía miedo. Seguía convencido de que no le podía dar lo que necesitaba, lo que Linc y Ali tenían: estabilidad y una familia feliz.

Había llegado el momento que tanto temía. No tenía más opción que decirle la verdad o dejarla ir. Era lo único que podía hacer. Y también lo que debía hacer. Al menos, si quería salvar algún pedazo de su orgullo y de su corazón.

Los días siguientes fueron una tortura para Jessie. Todas las noches, tenía que hacer esfuerzos para no salir de la cama e ir a ver a Monroe. Se había vuelto adicta a él, así que dormía mal y se levantaba cada vez más irritada y agotada. Pero la soledad era peor que el cansancio. Echaba de menos su compañía, sus bromas, su amistad y, por si eso fuera poco, tenía miedo de que se marchara.

Una semana después de hablar con él, estaba sentada junto a la piscina cuando Ali se inclinó sobre el moisés del bebé y dijo:

–Últimamente tienes un aspecto terrible. Y sospecho que Monroe estará igual que tú.

Jessie sacudió la cabeza.

–No he hablado con él desde el domingo pasado. ¿Sabes si ha hablado con Linc? ¿Si le ha dicho algo sobre los planes que tiene?

–No. Hablan muy poco –respondió–. Linc está preocupado por él y por Emmy, que cada vez se porta peor… A decir verdad, estoy enfadada con él. Ni siquiera ha vuelto a ver a Ethan. Tenía intención de decirle un par de cosas sobre su comportamiento, pero no me he atrevido.

–¿Por qué no?

–Por lo que ya te he dicho. Lo estará pasando tan mal como nosotros.

–¿Tú crees?

–Por supuesto que lo creo. La última vez que lo vi, tuve la impresión de que había perdido peso. Y estaba tenso como una cuerda de guitarra a punto de saltar.

Jessie sintió lástima de él.

–No sé, tal vez debería acercarme al apartamento.

–Ni se te ocurra, Jess. Tiene que aclararse las ideas –afirmó–. Se estará lamiendo las heridas y echándonos la culpa a los demás por lo que está sufriendo. Pero, cuando se aclare, volverá contigo.

–¿Y qué pasará si no vuelve? ¿Si se va?

–Siempre existe ese peligro, pero no creo que debas perder la esperanza.

–¿Por qué estás tan segura?

–Para empezar, porque te estaba mirando hace un momento desde su ventana.

–¿En serio?

–Sí, en serio –respondió con una sonrisa–. Además, hay una cosa que no te he contado… Cuando mencioné que Linc, yo y los niños volvemos a Londres dentro de diez días, se quedó preocupadísimo. ¿Y sabes lo que me preguntó?

Jessie sacudió la cabeza.

–Me preguntó si tú también te ibas.

Jessie durmió mejor aquella noche y, cuando se levantó a la mañana siguiente, ni siquiera se acercó a la ventana para ver si la motocicleta de Monroe seguía en el vado.

Después de desayunar, volvió a su dormitorio y sacó el diario que guardaba en la mesita de noche. No podía creer que el tiempo hubiera pasado tan deprisa, pero ya era veintisiete de agosto. Y, mientras hojeaba el diario, se pegó un buen susto.

Cada vez que le llegaba la regla, Jessie escribía una R de color rojo en la fecha correspondiente. Como no recordaba cuándo había sido la última vez, se puso a buscar y descubrió que no había anotado nada desde el día diez de julio. ¿Sería posible que se hubiera quedado embarazada?

—¡Jess! ¡Voy a la ciudad a comprar pañales! —gritó Linc desde la escalera—. ¿Quieres que te traiga algo?

—Espera un momento, Linc. Voy contigo.

Jessie guardó el diario en la mesita y corrió al armario, intentando mantener la calma. Luego, se puso unos zapatos a toda prisa, se recogió el pelo y se preguntó cómo podía entrar en la farmacia y pedir una prueba de embarazo sin que Linc se diera cuenta.

Jessie se quedó mirando la tira de plástico que tenía en la mano. Estaba de color rosa, de un color rosa intenso.

Pensando que habría leído mal las instrucciones, alcanzó el prospecto y lo leyó de nuevo. Pero no había leído mal. La tira estaba rosa, lo cual significaba que se había quedado embarazada de Monroe Latimer.

Bajó la cabeza, se llevó las manos al estómago y empezó a llorar. ¿Cómo se lo iba a decir? ¿Qué diría él cuando lo supiera?

Sacudió la cabeza, alcanzó un pañuelo y se secó las lágrimas. Sabía que a Monroe le gustaban los niños porque lo había visto muchas veces en compañía de Emmy, pero, de todas formas, se habían conocido aquel verano. Solo llevaban juntos dos meses. Tenía que hacer algo.

–Espera un momento… ¿Me estás diciendo que estás embarazada? ¿Que voy a ser padre? –preguntó Monroe, completamente desconcertado.

–Sí –respondió con voz temblorosa.

Estaban en el apartamento del garaje. Jessie había estado a punto de decírselo antes a Ali, por si le daba algún consejo de utilidad pero, al final, había optado por informar a Monroe en primer lugar. Al fin y al cabo, era el padre del bebé.

–No, eso no es posible –dijo él, sacudiendo la cabeza–. No puede ser. Tiene que ser hijo de otro.

Jessie se sintió como si le hubieran pegado un puñetazo en la boca del estómago pero, a pesar de ello, mantuvo la calma.

–El niño es tuyo, Monroe. Te aseguro que no me he acostado con nadie desde que te conocí. De hecho, hacía mucho tiempo que no me acostaba con nadie.

Él soltó una carcajada seca.

–¿Sabes una cosa? Eres una actriz estupenda.

Interpretas muy bien el papel de mujer angustiada... Deberías buscarte un trabajo en Hollywood.

Jessie intentó acercarse a él, pero Monroe se apartó.

–Tienes que creerme... No estoy mintiendo. ¿Por qué iba a mentir?

–Deja de jugar conmigo –bramó Monroe–. Sé que me estás engañando.

–¿Cómo?

Él respiró hondo y la miró fijamente.

–No puedo tener hijos, Jessie. Cuando estuve en la cárcel, me hicieron una prueba... y resulta que mi esperma es tan malo que no puedo ser padre.

Jessie palideció.

–Pero eso no es posible...

–Pues es la verdad –declaró–. Como ves, tu plan tenía un pequeño defecto.

Jessie no podía creer lo que pasaba. ¿Luchar por el amor de un hombre que la consideraba una mentirosa?

–Será mejor que me marche –dijo, haciendo un esfuerzo por no llorar–. No sé cómo es posible que me haya equivocado tanto contigo.

–Pues ya ves. No soy tan estúpido como creías.

Jessie se dio la vuelta y salió del apartamento con tanta dignidad como pudo. Luego, cerró la puerta y corrió escaleras abajo.

Al llegar a su habitación, empezó a guardar sus pertenencias en una bolsa de viaje. Se tenía que ir antes de que volvieran Ali, Linc y los niños. No se encontraba con fuerzas para soportar la mirada de lástima de su hermana y el enfado más que previsible de su cuñado.

¿Cómo podía haber sido tan tonta? Se había enamorado de un hombre que solo la quería para hacer el amor. Y ahora llevaba un niño en su vientre. Un niño que crecería sin padre.

Alcanzó el teléfono y llamó a la compañía de taxis para pedir uno. Luego, se dirigió al dormitorio de Ali y abrió su agenda para localizar el número de Lizzie, una amiga de su hermana. Lizzie trabajaba en una galería de arte del Soho, y la semana anterior le había comentado a Ali que tenían un trabajo para ella. En su momento, Jessie había rechazado la idea porque no se quería mudar a Nueva York. Pero las cosas habían cambiado por completo.

Apuntó el número entre sollozos y decidió que, cuando llegara a la Gran Manzana, la llamaría para saber si el puesto seguía disponible. Después, se guardó el papel donde lo había apuntado y escribió una nota para Ali, que dejó en la cómoda.

En ese momento, llamaron al portero automático. Jessie alcanzó la bolsa de viaje, bajó rápidamente y subió al taxi. Mientras el vehículo se alejaba, lanzó una última mirada al apartamento del garaje.

Monroe había destrozado todos sus sueños. Pero nunca destrozaría su espíritu.

Capítulo Quince

Monroe lanzó un brochazo de pintura al lienzo.

–¿Estás ahí, Monroe?

La voz sonó desde el salón del apartamento. Monroe dejó la brocha en el frasco de aguarrás y salió del dormitorio, cerrando la puerta a su espalda. Estaba seguro de que Jessie habría ido corriendo a hablar con Linc y con Ali para llorarles un poco y decirles que había sido muy malo con ella.

–Sí, estoy aquí –dijo, enfadado–. ¿Qué pasa?

–Lo sabes perfectamente.

Por la mirada de Linc, llegó a la conclusión de que ya conocía toda la historia.

–Sí, claro. Supongo que os habrá ido con el cuento…

–No sé de qué cuento me estás hablando. Solo sé que se ha marchado a Nueva York sin avisarnos, y estoy seguro de que tú conoces el motivo.

Monroe se encogió de hombros.

–Dice que está embarazada y que…

Linc lo miró con ira y lo agarró por el cuello de la camisa.

–¿La has dejado embarazada? –bramó.

–¡Suéltame, Linc!

Monroe empujó a su hermano y se apartó de él.

—Eres un maldito…

—No me has dejado terminar —lo interrumpió—. Está embarazada, pero no es posible que lo esté de mí.

Linc apretó los puños.

—¿Qué significa eso?

—Que yo no puedo tener hijos. Cuando estuve en la cárcel, me pidieron una muestra de esperma para hacer unos análisis. La policía me dijo después que nunca podría ser padre. ¿Lo entiendes ahora, Linc?

Linc retrocedió y se dejó caer en el sofá. Luego, alzó la cabeza y miró a su hermano con una mezcla de compasión y preocupación.

—Ahora lo entiendo. Jessie ha venido a decirte que se había quedado embarazada y tú le has dicho que ese niño no puede ser tuyo.

—En efecto.

Linc sacudió la cabeza.

—Monroe, ¿te has hecho alguna prueba desde entonces? Para asegurarte, quiero decir.

—No. ¿Por qué me la iba a hacer?

—Mira, conozco a Jessie… y si dice que está embarazada de ti, es cierto. No mentiría en un asunto tan importante.

Linc lo dijo con tanta seguridad que Monroe casi lo quiso creer.

—Yo solo sé que no soy el padre de ese niño —insistió.

—Deberías hacerte esa prueba. Buscaré una clínica y pediré hora –declaró–. Y si no estás dispuesto a hacértela ni por ti ni por Jessie, hazlo por mí.

–¿Por qué te importa tanto, Linc?

Linc se levantó del sofá y dijo:

–Te vas a hacer esa prueba, Monroe. Se lo debes a mi familia.

Linc se marchó y Monroe se quedó más enfadado que antes.

Había sido tan estúpido como para romper su regla de oro. No comprometerse con nadie. No abrir su corazón a nadie.

Pero la había roto. Y no solo con una mujer que, al final, lo había engañado; sino también con una familia de la que nunca había querido formar parte.

–El doctor Carter lo está esperando, señor Latimer.

Monroe dejó la revista que había estado hojeando y entró en la elegante consulta.

El día anterior, había tenido que pasar por el mal trago de dar muestras de esperma y ahora se enfrentaba a la humillación de unos resultados que ya conocía.

El médico, un hombre de cabello plateado, lo miró a los ojos y señaló el sillón de cuero que estaba al otro lado de la mesa.

–Buenas tardes, señor Latimer. Siéntese, por favor.

–No, gracias.

Monroe se quedó de pie. Solo quería que recibir los resultados y, a continuación, volver a casa para estrangular a Linc.

—Bueno, parece que quiere ir al grano…

—Si es posible, sí.

—En ese caso, se lo diré sin rodeos. Su esperma es perfectamente normal. De hecho, la prueba demuestra que está en el extremo superior de la gama.

Monroe tuvo la sensación de que el corazón se le había detenido.

—¿Qué ha dicho?

—Que es un hombre fértil —contestó con una sonrisa.

—Pero eso no es posible. Me hicieron unas pruebas cuando tenía dieciséis años. El médico me dijo que…

—Señor Latimer, los estudios sobre fertilidad han avanzado mucho en los últimos tiempos. Ahora sabemos que la calidad del esperma fluctúa mucho en función de las circunstancias. Puede que entonces no pudiera tener hijos, pero ahora…

—¿Me está diciendo que puedo ser padre? —lo interrumpió.

—Exactamente —dijo el médico—. Usted es más que capaz de dejar embarazada a una mujer.

Monroe salió de la consulta y de la clínica sin poder creerlo sucedido.

No dejaba de pensar en Jessie, en su expresión de angustia, en sus ojos llenos de lágrimas, en su desesperación.

Se subió la moto y se dirigió a la casa de su hermano, terriblemente consciente de lo que había hecho. Daba por sentado que Jessie lo odiaría, y hasta cabía la posibilidad de que, al verse rechazada por él, hubiera tomado la decisión de abortar.

No quería pensar en eso. El resultado de la prueba lo había cambiado todo. Ahora sabía que quería volver con ella.

Pero, ¿qué podía hacer para convencerla de que la amaba, de que estaba enamorado de ella desde el primer día, desde antes incluso de que hicieran el amor y, por supuesto, de saber que estaba embarazada? Fuera como fuera, no tenía más opción que intentarlo. No iba a ser fácil pero, por otra parte, se dijo que no se merecía que fuera fácil.

Dejó la moto en el garaje y apagó el motor. Antes que nada, necesitaba su dirección, lo cual implicaba hablar con Linc y Ali.

Monroe se quitó el casco y miró a su hermano en silencio, incapaz de hablar.

–El niño es mío.

Linc asintió, esperó unos momentos y dijo:

–¿Quieres ser padre, Monroe?

–Sí. Claro que quiero –respondió–. Durante muchos años, estuve convencido de que nunca tendría una familia, de que yo no estaba hecho para esas cosas. Pero, cuando os vi a Ali y a ti, sentí una envidia que…

Linc se acercó a Monroe y le dio un abrazo. Fue un contacto breve, de apenas unos segundos, pero suficiente para cerrar todas las heridas que había entre ellos. Por fin, después de tanto tiempo, volvían a ser hermanos.

–Bueno, supongo que te tengo que felicitar…

Monroe soltó una carcajada sin humor.

–Sí, aunque no merezco tus felicitaciones. He metido la pata hasta el fondo.

–No seré yo quien te lo discuta, Roe. Pero, ¿qué vas a hacer al respecto?

–Quiero que vuelva conmigo, Linc, y no solo por el bebé. –Monroe se pasó una mano por el pelo–. Aunque no sé por dónde empezar… ni siquiera sé dónde se encuentra.

–Ali lo sabe. Nos llamó anoche para decirnos que estaba bien.

–¿Y dónde está?

–Tendrás que preguntárselo a Ali. A mí no me dijo. Se imaginaría que te lo diría a ti.

–Necesito hablar con ella. Tengo que intentarlo, Ali.

–Lo comprendo –dijo–. ¿Solo quieres hablar con ella por lo del bebé? –continuó.

–No, no es solo por eso. Estoy enamorado de Jessie. Lo estaba antes de ver al médico, pero tenía demasiado miedo como para admitirlo. Siempre he pensado que no me la merezco.

–¿Por qué? –preguntó con sorpresa.

–Porque soy un exconvicto sin dinero y sin perspectivas. No tengo nada salvo la ropa que llevo puesta y la motocicleta. Y, hasta esta mañana, estaba seguro de que ni siquiera le podía dar hijos.

Ali suspiró.

–¿Sabes lo que creo, Monroe?

–¿Qué?

–Que eres un idiota.

Monroe sonrió.

–Gracias.

Ali se levantó, dejó al niño en la cuna y se giró hacia Monroe, a quien miró con disgusto.

–En primer lugar, solo eras un adolescente cuando te enviaron a prisión; en segundo, ahora sabemos que le puedes dar tantos hijos como queráis y, en tercero, lo que has dicho sobre el dinero y las perspectivas es una soberana estupidez. Jessie me contó lo de tus cuadros. Está convencida de que tendrías éxito como pintor. Y resulta que Linc tiene una amiga que dirige una galería de arte de Nueva York. Deberías ponerte en contacto con ella y enseñarle lo que has estado haciendo durante los dos últimos meses.

–No quiero pedir favores a los amigos de Linc.

–Oh, vamos. Sé que eres un hombre muy orgulloso, pero el orgullo está fuera de lugar en este asunto. Carole Jackson, la amiga de Linc, no te ofrecerá una exposición si no te cree lo suficientemente bueno. Pero, ¿estás dispuesto a intentarlo? ¿O prefieres seguir ocultándote detrás de tus inseguridades?

–No necesito discursos sobre mis inseguridades –dijo, molesto–. Necesito la dirección de Jessie.

Ali entrecerró los ojos.

–Te la daré con una condición, que llames a Carole y consigas que eche un vistazo a tu obra.

Monroe parpadeó, atónito.

–¿Estás hablando en serio?

–Desde luego que sí. Y hay una cosa más.

–Sospecho que no lo quiero saber.

–Pues es una pena, porque lo vas a oír de todas formas –dijo–. Creo que ya es hora de que hagas algo con tu vida. Sé que tuviste una infancia y una adolescencia terribles, pero no puedes seguir huyendo. Tienes treinta y dos años y, dentro de unos meses, vas a ser padre. Cuando hables con Jessie, tendrás que ofrecerle algo más que una disculpa y una declaración de amor. Tendrás que demostrarle que has cambiado.

–¿Y qué pasará si a esa mujer no le gusta mi obra? No tendré nada que ofrecer.

–¿Crees que tú trabajo es bueno?

–Por supuesto.

–Pues ahí tienes tu respuesta.

–Está bien, llamaré a Carole Jackson hoy mismo –dijo, derrotado–. Pero me darás la dirección de Jessie aunque no le gusten mis cuadros.

–Por supuesto. Un trato es un trato.

Monroe se despidió y se fue. Ali se acercó entonces a la cuna, se inclinó sobre su hijo y, mientras le acariciaba la mejilla, declaró con humor:

–Espero que tu tía no decida matarme cuando vea a Monroe en la puerta de su casa.

Capítulo Dieciséis

Jessie salió de la galería de arte, que estaba en Prince Street. Lo había conseguido. Había conseguido un trabajo en el Departamento de Ventas de Cullen, uno de los establecimientos más prestigiosos de Nueva York.

Entró en una cafetería, pidió un té y se sentó en la única mesa disponible. Sabía que tenía que llamar a Ali, quien le había dejado varios mensajes en el contestador; pero ni siquiera se molestó en sacar el teléfono del bolso. El empleo de la galería era una gran oportunidad. El principio de la carrera que siempre había soñado. Y, sin embargo, su mente volvía una y otra vez a Monroe y a lo que había sucedido entre ellos.

Parpadeó varias veces, en un intento por contener las lágrimas. Luego, sacó un pañuelo del bolso y se limpió la nariz. Era consciente de que, más tarde o más temprano, tendría que hablar con Monroe. Por mucho que le disgustara, era el padre del niño que estaba esperando y debía formar parte de su vida.

Pero eso no significaba que tuviera que formar parte de la vida de ella. Además, aquella experiencia la había cambiado. Ya no era la mujer romántica e inmadura que había sido. Aunque siguiera enamorada de él, debía seguir adelante.

Más tranquila, sacó el móvil y empezó a escribir un mensaje a Ali. Entonces, alguien se sentó a su lado.

–Hola, pelirroja.

A Jessie se le cayó el móvil sobre la mesa.

–Tienes muy buen aspecto –añadió con una sonrisa.

–Maldito canalla…

Jessie intentó levantarse, pero él la agarró del brazo.

–Suéltame –le ordenó.

–Cálmate un poco, pelirroja.

–No me digas que me calme. Eres un… Eres un… –empezó a decir, roja de ira.

–Jess, tenemos que hablar.

–No tengo nada que hablar contigo.

–Lo siento, pelirroja. Lamento profundamente lo que dije. De ti y del bebé.

Ella apartó el brazo y frunció el ceño. Monroe parecía sincero, pero no se iba a dejar convencer con tanta facilidad.

–Solo te disculpas porque has descubierto que el niño es tuyo –lo acusó.

–No, no es la única razón. Aunque no voy a negar que ese niño me importa. ¿Aún estás embarazada? –preguntó con inseguridad.

Jessie notó la angustia en su voz y vio el miedo en sus ojos, pero estaba tan disgustada que quiso hacerle tanto daño como él le había hecho a ella.

146

–No, ya no –mintió–. He abortado.

Entonces, Jessie se llevó una sorpresa. En lugar de mirarla con la ira y la amargura que había imaginado, la miró con una tristeza infinita.

–Oh, Dios mío… Lo siento, Jess. Me temo que también soy culpable de eso.

Ella estaba a punto de decirle la verdad cuando sintió una náusea incontenible y se levantó.

–Apártate de mí…

–¿Qué ocurre?

–¡Apártate!

Jessie llegó a la calle justo a tiempo de vomitar. Y, cuando terminó, se sentía tan débil que se habría caído si Monroe no la hubiera agarrado por la cintura.

–No te preocupes. Yo te sostengo, pelirroja.

Monroe le dio un pañuelo de papel para que se limpiara y, a continuación, paró un taxi y la metió en el asiento de atrás.

–¿Qué estás haciendo? Déjame en paz.

Antes de responder, él se inclinó hacia delante y dio instrucciones al conductor para que los llevara al hotel Waldorf, donde Carole Jackson le había reservado habitación. Pero Jessie estaba tan alterada que no lo oyó.

–¿Dejarte en paz? Ni lo sueñes. Quiero hablar contigo. Me has mentido, pelirroja. ¿Crees que no reconozco los síntomas? Estás embarazada.

–Sí, es cierto –le confesó–. Solo lo he dicho para hacerte daño.

Monroe volvió a sonreír.

147

–Jess, te podría estar pidiendo perdón hasta el fin de mis días, pero sé que ninguna de mis palabras podría borrar el daño que te he hecho.

Jessie sacudió la cabeza.

–¿De verdad pensaste que me había acostado con otro hombre?

–Sinceramente, no –le confesó–. Pero estaba convencido de que no podía tener hijos… y cuando me lo dijiste, me pareció demasiado bueno para ser verdad.

El taxista detuvo el coche en ese momento.

–Ya hemos llegado, amigo.

Monroe le dio un billete de veinte dólares y bajó con Jessie sin esperar el cambio.

–¿Qué estamos haciendo aquí? –preguntó ella al ver la fachada del elegante hotel.

–Es el lugar donde me alojo. La galería se encarga de los gastos.

–¿La galería? ¿Qué galería?

–Es una historia larga; ya te la contaré después –contestó mientras la llevaba hacia el vestíbulo–. El caso es que tengo una suite y que podemos llamar al servicio de habitaciones. Así podremos comer algo y charlar.

–Subiré con una condición.

–¿Cuál?

–Que me prometas que no me tocarás.

–Trato hecho.

***

148

Fiel a su promesa, mantuvo las distancias y ni siquiera le puso una mano en la espalda mientras caminaban, como solía hacer. Y Jessie se alegró, porque no sabía lo que habría pasado. Entre la locura de sus hormonas y el sobresalto que se había llevado al verlo, se sentía doblemente vulnerable.

Al llegar a la suite, Monroe le abrió la puerta. Jessie entró y se quedó asombrada con la elegancia del lugar y con las preciosas vistas de Nueva York.

–Siéntate, por favor –dijo él–. ¿Quieres beber algo?

–Un vaso de agua.

Mientras ella se acomodaba en el sofá, él se acercó al minibar y volvió con un vaso y una botellita de agua, que le dio. Después, se sentó en uno de los sillones y esperó a que Jessie bebiera.

–Tengo que decirte una cosa, pero es algo que nunca le he dicho a nadie y no sé ni por dónde empezar. Además, quiero que sepas por qué reaccioné así cuando me dijiste que te habías quedado embarazada... por qué perdí los estribos. Antes de que me dijeras que te habías quedado embarazada, ya había tomado la decisión de dejarte ir. Y me estaba matando.

–¿Qué quieres decir con eso? –preguntó con brusquedad–. Yo pensaba que...

–Jess, no puedo estar disculpándome todo el tiempo. Solo quiero decirte la verdad.

Él intentó acariciarle la mano, pero ella se apartó.

–Te quiero tanto, pelirroja...

–¿Cómo? –preguntó, sorprendida.

–Te quiero tanto que estaba muerto de miedo. Por eso guardaba silencio cuando me decías que estabas enamorada de mí.

–No, no… No me vengas ahora con esas, Monroe. No te creo.

–Sé que no me crees, Jess. Y no te culpo. Pero te estoy diciendo la verdad.

De algún modo, Jessie encontró las fuerzas necesarias para levantarse del sofá y alejarse de él.

–Si es cierto que me amas, ¿por qué no me lo dijiste? Sabías lo que sentía por ti. Sabías que estaba esperando a que dijeras algo, pero no dijiste nada. Lograste que me sintiera tan estúpida, tan inmadura….

Él se levantó y caminó hacia ella. Jessie dio un paso atrás.

–No dije nada porque no podía.

–¿Por qué no?

–Porque nadie me había querido como tú, Jess. Mi madre me odiaba y, aunque Linc se preocupaba por mí, no éramos más que dos niños abrumados por las circunstancias. En cuanto a las mujeres con las que había estado antes de conocerte, eran amigas de una sola noche que luego seguían su camino. Pero tú… Tú eras sincera, directa, no te guardabas nada. Y, cuando me dijiste que estabas enamorada de mí, me quedé atónito. Pensé que no te merecía. Eras lo más bonito que me ha pasado, y me aterrorizaba la idea de perderte.

Jessie frunció el ceño.

–¿De perderme? ¿De qué estás hablando?

–De que no te podía ofrecer nada. Tú soñabas con tener hijos, una familia y un hogar. Yo era un expresidiario que vivía de la caridad de su hermano y que solo te podía dar sexo.

–¿Estás hablando en serio?

–Por supuesto que sí.

Jessie no lo podía creer. La había rechazado por una especie de sentido retorcido de la caballerosidad. Y era obvio que estaba enamorado de ella. Lo veía tras el tono avergonzado de sus palabras.

Sacudió la cabeza y rio con suavidad.

–¿Qué es tan divertido?

–Tú, Monroe. Primero, decidiste por tu cuenta que no eras suficientemente bueno para mí y, a continuación, te entró pánico cuando te dije que estaba embarazada. Incluso negaste ser el padre del bebé, aunque tú mismo has dicho que no creías que me hubiera acostado con otro hombre –contestó–. Te has portado como un idiota y como un cobarde.

–Sí, es cierto. –Monroe la miró a los ojos–. Pero dime que sigues enamorada de mí, por favor…

Ella se le quedó mirando durante un buen rato.

–¿Sabes una cosa? Al principio, no era amor. Eras tan sexy me encapriché de ti, pero no podía ser amor porque no te conocía. Entonces no me di cuenta. Veía un caballero andante donde solo había un hombre, pero ese sueño romántico saltó por los aires cuando te dije que me había quedado embarazada y me acusaste de haberte engañado.

Él gimió.

–Oh, por Dios… ¿No podemos olvidar eso?

–Lo siento, Monroe, pero es mejor que lo saque de mí y te lo diga ahora. De lo contrario, saldrá cada vez que tengamos una discusión –declaró–. Porque es verdad que esa ensoñación romántica saltó por los aires, pero también lo es que te amo.

–¿Cómo?

Jessie le pasó los brazos alrededor del cuello.

–Te amo, Monroe. Ahora sé que eres un hombre. Un hombre inseguro y, como tantos, incapaz de expresar lo que siente. Un hombre lleno de defectos y de ideas algo absurdas sobre sí mismo. Pero eres mío. Y sé que saldremos adelante y que sabremos criar a nuestro hijo, porque hemos pasado por pruebas muy duras y nuestro amor ha sobrevivido.

Él sonrió.

–A ver si lo he entendido bien… ¿Me estás diciendo que me amas?

Ella asintió.

–No, no. Quiero que lo digas en voz alta.

–Está bien, te lo diré en voz alta. Pero solo si me das otro orgasmo. Y pronto.

–Trato hecho, pelirroja.

Monroe la alzó en brazos y la llevó hacia el dormitorio de la suite.

–Marchando un orgasmo…

Ella soltó una carcajada y lo besó.

Epílogo

–¿Podrías hacer el favor de sentarte? Estás embarazada de seis meses.

Jessie sonrió.

–Tú lo has dicho. Estoy embarazada, no inválida.

Monroe le pasó un brazo alrededor de la cintura y le acarició el estómago.

–Se lo advierto, señora Latimer. Si no se sienta ahora mismo, se va a arrepentir.

Jessie le puso las manos en el pecho y dijo:

–No te atrevas a besarme en público. Salvo que quieras tener un buen problema. Y ahora, ve a hablar con la gente… Esta noche, eres el protagonista.

Estaban en la inauguración de la segunda exposición de Monroe, que se celebraba en la galería de arte de Carole Jackson. Y, a pesar de ser Nochebuena, la sala estaba completamente abarrotada de invitados.

–Está bien, pero solo veinte minutos más. Odio estas cosas.

Jessie sonrió. Monroe se había convertido en el niño mimado del mundo artístico de Manhattan, pero seguía sintiendo vergüenza de su propio éxito.

–Lo sé, pero es un precio que tienes que pagar.

–Muy bien, te haré caso. Pero solo si me prometes que te sentarás y que descansarás diez minutos.

–Deja de preocuparte tanto. Estoy perfectamente bien.

Monroe se giró entonces hacia la entrada.

–Ah, mira quién acaba de llegar… Son Linc y Ali. Excelente. Así habrá alguien que te vigile.

Los recién llegados se acercaron a ellos y los saludaron con calidez.

–Tienes un aspecto magnífico, Jessie –dijo Linc–. ¿Qué tal estás?

–Muy bien. Y si se lo pudieras explicar a tu hermano, estaría mejor.

Monroe la miró con desesperación.

–Lleva de pie todo el día. Primero en Cullen y ahora, aquí. Tiene que sentarse y descansar.

–Por Dios, Monroe. Ya te he dicho que estoy perfectamente…

Linc pasó un brazo a Monroe por encima de los hombros.

–Ven conmigo, hermanito. Nos tomaremos una cerveza y te hablaré sobre el difícil arte de no incordiar a una mujer embarazada.

Los dos hombres se alejaron hacia el bufé, y ellas se quedaron a solas.

–Me encanta que Linc se haga pasar por un experto –dijo Ali con humor–. Cuando me quedo embarazada, me trata como si yo fuera de cristal.

–Bueno, Monroe necesita todos los consejos

que le puedan dar. Si fuera por él, tendría que dejar mi empleo en Cullen y quedarme en casa todo el día, mirando el techo.

Ali rio.

—Es porque te adora, Jess —afirmó—. Además, has conseguido lo que siempre soñaste…

—No exactamente. Mis sueños no incluían náuseas, estrías en la piel y unos pechos gigantescos —protestó.

—Ya, pero seguro que Monroe no se ha quejado de tus pechos.

Las dos mujeres rompieron a reír.

Una hora después, Monroe alcanzó el abrigo de su esposa, se lo puso por encima de los hombros y la acompañó a la salida de la galería de arte. Luego, la tomó de la mano y avanzó por ella por la acera de Manhattan, sobre la nieve que había caído a lo largo del día. Soplaba un viento helado, y se alegró al ver la limusina negra que los estaba esperando en la esquina. El chófer se sopló las manos para calentárselas y les abrió la portezuela.

—Hace muchísimo frío —dijo Jessie, que se quedó sorprendida cuando Monroe la llevó hacia el coche—. ¿Se puede saber qué estás haciendo?

—Esta noche no vamos a casa. Tengo un regalo para ti, pelirroja.

Él la tomó entre sus brazos, la alzó en vilo y la metió en el vehículo.

—¿Qué se te ha ocurrido ahora, Monroe?

–Nada. Solo quiero divertirme un rato con mi esposa…

Monroe se sentó junto a ella. Luego se inclinó hacia delante y pulsó el botón para hablar con el conductor.

–¿Sí, señor?

–Llévanos al hotel Waldorf –dijo–. Pero no quiero que lleguemos hasta dentro de una hora, por lo menos… Ah, y mantén la ventanilla cerrada.

–Por supuesto, señor.

El chófer cerró la ventanilla que los separaba de la parte delantera y arrancó la limusina. Monroe se inclinó entonces sobre su esposa, acarició suavemente sus curvas y la besó bajo las luces de la ciudad, que atravesaban los cristales ahumados.

Al cabo de unos momentos, rompió el contacto, clavó en ella sus ojos azules y dijo, con una sonrisa:

–¿Sabes una cosa, pelirroja? Puede que nunca llegue a ser el hombre de tus sueños, pero tú eres la mujer de los míos.

Jessie asaltó la boca de Monroe y, mientras lo besaba, pensó que ya no le interesaban las ensoñaciones románticas. A fin de cuentas, la realidad era mucho mejor.

Deseo

CLÁUSULA DE AMOR

LAUREN CANAN

Debido a una escritura de dos-
cientos años de antigüedad,
Shea Hardin, encargada de un
rancho de Texas, debía casarse
con el rico propietario de la tierra, Alec Morreston, para salvar
su hogar. Accedió y juró que
aquel matrimonio lo sería solo
sobre el papel.

Pero había subestimado a aquel
hombre. Una mirada al cortés
multimillonario bastó para que
Shea supiera que mantenerse
alejada de la cama de Alec iba a

ser el mayor reto de su vida. Sus labios ávidos y sus ex-
pertas caricias podían sellar el trato y su destino.

¿Le arrebataría el corazón y la tierra?

¡YA EN TU PUNTO DE VENTA!

Acepte 2 de nuestras mejores novelas de amor GRATIS

¡Y reciba un regalo sorpresa!

Oferta especial de tiempo limitado

Rellene el cupón y envíelo a
Harlequin Reader Service®
3010 Walden Ave.
P.O. Box 1867
Buffalo, N.Y. 14240-1867

¡Sí! Por favor, envíenme 2 novelas de amor de Harlequin (1 Bianca® y 1 Deseo®) gratis, más el regalo sorpresa. Luego remítanme 4 novelas nuevas todos los meses, las cuales recibiré mucho antes de que aparezcan en librerías, y factúrenme al bajo precio de $3,24 cada una, más $0,25 por envío e impuesto de ventas, si corresponde*. Este es el precio total, y es un ahorro de casi el 20% sobre el precio de portada. ¡Una oferta excelente! Entiendo que el hecho de aceptar estos libros y el regalo no me obliga en forma alguna a la compra de libros adicionales. Y también que puedo devolver cualquier envío y cancelar en cualquier momento. Aún si decido no comprar ningún otro libro de Harlequin, los 2 libros gratis y el regalo sorpresa son míos para siempre.

416 LBN DU7N

Nombre y apellido	(Por favor, letra de molde)

Dirección	Apartamento No.

Ciudad	Estado	Zona postal

Esta oferta se limita a un pedido por hogar y no está disponible para los subscriptores actuales de Deseo® y Bianca®.
*Los términos y precios quedan sujetos a cambios sin aviso previo.
Impuestos de ventas aplican en N.Y.

SPN-03   ©2003 Harlequin Enterprises Limited

Bianca

Hoy te serán depositadas 100.000 libras esterlinas en la cuenta de tu obra de beneficencia, siempre y cuando te encuentre en mi cama esta noche

Aleksy Dmitriev buscaba la venganza. Sin embargo, el plan tuvo un efecto indeseado al descubrir que su última amante, Clair Daniels, era virgen, por lo que no podía haber sido la amante de Victor Van Eych.

A pesar de no haber obtenido su venganza, Aleksy no se privó del disfrute de su nueva adquisición.

Pero Clair estaba destinada a ser mucho más que un mero botín para el implacable ruso.

Un ruso implacable

Dani Collins

¡YA EN TU PUNTO DE VENTA!

PASIÓN INCONTROLABLE

OLIVIA GATES

La extremada sensualidad del
jeque Numair Al Aswad impactó
a la princesa Jenan Aal Ghamdi.
Él consiguió rescatarla de un
matrimonio concertado y por ello
recibió una recompensa asom-
brosa: ¡un heredero!
Numair provenía de un pasado
oscuro y buscaba venganza.
Además quería reclamar su tro-
no. Jenan era vital para sus planes, pero su fría y calculadora
estrategia se derritió bajo el ar-
dor de la pasión que compartían.

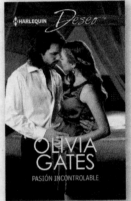

Entonces tuvo que elegir entre las ambiciones de toda
una vida o la mujer que albergaba a su hijo en el vientre.

Amor a primera vista

[5]

¡YA EN TU PUNTO DE VENTA!